ハヤカワ文庫SF
〈SF2251〉

宇宙英雄ローダン・シリーズ〈602〉

ツーノーザー救出作戦

H・G・フランシス＆H・G・エーヴェルス
シドラ房子訳

早川書房
8412

PERRY RHODAN
DIE ZEITGÄNGER
DER ERSTE IMPULS
by
H. G. Francis
H. G. Ewers

Translated by
Fusako Sidler
First published 2019 in Japan by
HAYAKAWA PUBLISHING, INC.
This book is published in Japan by
arrangement with
PABEL-MOEWIG VERLAG KG
through JAPAN UNI AGENCY, INC., TOKYO.

目次

ツーノーザー救出作戦

登場人物

ペリー・ローダン……………………銀河系船団の最高指揮官
ゲシール……………………………ローダンの妻
レジナルド・ブル（ブリー）…………ローダンの代行
フェルマー・ロイド…………………テレパス
ラス・ツバイ…………………………テレポーター
グッキー………………………………ネズミ＝ビーバー
ケヴィン・マッキントッシュ…………《バジス》乗員。スペース＝ジェットの操縦士
タウレク、ヴィシュナ…………………コスモクラート
ローランドレのナコール………………アルマダ王子
ニゼル…………………………………時間巡回者
ウェイリンキン………………………技術エレメントのアンドロイド
カッツェンカット……………………指揮エレメント

時間巡回者

H・G・フランシス

1

ストゥルがいきなりペリー・ローダンに跳びかかってきた。からだをつかまれ、エアロックに投げこまれる。床に倒れたローダンはすぐさま身を起こし、逃亡を試みたが、多数の白鼻のツーノーザーがのしかかってくる。はがいじめにされ、グライダーに引きもどされた。そこで待ちかまえていたストゥルは怒りに身を震わせている。

かれが武器の安全装置を解除するのを、ローダンは見た。疑問の余地はない。指揮官の助言者は、先ほどできなかったことを、こんどはまちがいなく遂行するつもりだ。

「だめだ。そんなことはするんじゃない」ストゥルにつづいてエアロックを出てきたノストラスが叫ぶ。「無意味だ」

「われわれ全員、死ぬ運命にあるのだぞ」首席技師がいいそえる。かれもまたグライダーから出てきて、「なんのために、そのような殺人をする？」

「だれにもわたしをとめられない」ストゥルが金切り声をあげる。「とめようとする者は殺す」

ストゥルはローダンに歩みより、武器をあげる。ふいに手の震えはぴたりととまった。

「きみは一種族を全滅させようとした、ローダン。だが、きみはその前に死ぬのだ」

引き金に当てた指が曲がり、銃身の先が光った。薬莢《やっきょう》に装塡された火薬が点火し、銃弾が発射される。

武器は寸分たがわずローダンの額に照準されていた。弾は命中してかれを殺すはずだった。だが、銃身から出た炎は不思議なことにぴたりととまり、不規則なかたちのきらめく構造物となった。まるで、凍りついたように。同時に音もやんだ。炎ばかりか、ツーノーザーたちもそのときの姿勢のままでとまっている。

ローダンはわきによった。

これで終わりか？

おのれの理性にまどわされているのか？　死を受け入れようとしないから、理性が虚偽の映像を見せているのか？

違う。なにか動いているものがある。

ローダンはすばやく振り向いた。

なにかの影が見えなかったか？

＊

時間シュプールは戦闘地で終わっていた。

数千の死者が血の海のなかに横たわっている。昇りかけた朝日が戦士たちの武具にまばゆく反射し、上空に輪を描いて飛ぶ猛禽《もうきん》のしわがれた鳴き声が静寂を破る。ニゼルに手があれば、感激して打ち合わせていただろう。だが、時間巡回者はしずかによろこびに浸るだけ。もうしばらくとどまって、なにが起こるかようすを見ることに決めた。

どうやらなにかが起こるようだ。

戦場の両側は樹木におおわれた丘になっている。そこに数千の女と子供が集まり、丘の麓《ふもと》に立つ戦士四名を眺めていた。左右にそれぞれ二名ずつ。ニゼルの左側の戦士はヘルメットにグリーンの羽根飾りをつけ、右側の戦士はブルーの楯を手にしている。剣やナイフ、斧や棍棒や槍を使用する戦闘の、最後の生きのこりだった。

がっしりとしたからだつきで、背丈がニゼルの十倍はある。柱状の脚四本の上に半球形の胴体があり、そこから腕四本と、長さ四メートルの頑丈な頸が出ている。頸の上に揺れる頭の表面は、大きな楕円形の目四個でほぼいっぱいだ。各戦士のうなじから太い角一本が上に向かって弓状に伸び、先端は額のそばまで達している。

おもしろい戦いになりそうだ……ニゼルはほくそえんだ。

巨人四名のうち二名が攻撃を開始した。左側からグリーンの羽根飾りを持つ戦士一名が突進すると、青い楯の戦士一名がかけ声をあげながらそちらに向かう。かれらのあいだには複数の死体が転がり、相手に向かって直進するには跳びこえなければならない。

トルケリグ！ニゼルは思う。

こういうシーンはたまらない。アクションいっぱいで楽しめる。シュプールがここに導いてくれたのはよかった。

巨人二名のあいだの距離はいまや数メートル。どちらも足をとめ、きらめく剣を手に上体を前にかたむけた格好で相手の襲撃を待っている。可及的すみやかに致命打をあたえたいと考えているのだろう。

羽根飾りの戦士がふいにどなり声をあげて相手に打ちかかったが、巧みな剣さばきで振りはらわれた。こうして熾烈《しれつ》な戦いがはじまった。剣がひっきりなしに打ち合わされ、火花が飛びかう。逆光のなかで巨軀《きょく》から湯気がたちのぼり、汗が飛び散る。

見た目には完全に互角のまま、はげしい戦いは数分間つづいた。やがて青い楯の巨人が相手の防御を突破してからだに剣を突き刺す。ところが、相手は倒れながらも最後の力を振りしぼって剣を突き、敵の頭の下部に致命傷をあたえた。ふたつの巨軀は絡み合いながら失命する。

トルケリグ！　ニゼルは歓声をあげた。ウルキュ・ミュレ……こんなことがあるとは。次はのこる二名だ。おっと、もう手を引くつもりなのか？　そいつはピケリグだな。だが、落胆することはなかった。のこった戦士二名は、たがいに突進しはじめた。はなれた位置から早くも大声で相手を威嚇《いかく》し、頭上で斧を振っている。このようすでは、最後の血の一滴が流れでるまで戦うことはまちがいあるまい。ニゼルは胸を躍らせた。ついに巨人二名が向かい合って立ち、斧がたがいの頭に当たったとき、ニゼルは身を乗りだした。

残念なことがひとつあるとすれば、もっと早くにシュプールをキャッチしなかったこと。数時間前なら何千という戦士が戦いをくりひろげていただろうに。

だが、いくらもしないうちに目の前の一騎打ちにすっかり気をとられた。英雄たちはたがいに打ちかかり、相手にフェイントをかけて負かそうとする。だが、どちらもガードがかたい。やがて片方がべつの戦士の死体につまずいた。信じられないほど短い瞬間、頭が無防備になる。敵はこの優位を情け容赦なく利用した。

勝者は大きくあえぎながら、死につつある敵のほうに身をかがめて斧をほうり投げると、天に向かって両腕をあげ、謝意をしめす。歌いながら戦場を歩き、生きのこれたのはありがたい、と、神々に感謝した。

女と子供たちが丘から駆けおり、嘆きながら戦場に近よってくる。告別するべき者の死体がどこにあるか、わかっているらしい。

ニゼルは悲劇に対して平然としている。

じつにピケリグだ、と、ぶつぶついう。

このような出来ごとが関係者にとっていかにむごいかということは、かれも充分に承知している。だが、自分にはそれを変える力がないこともわかっていた。はじめて見たときには強いショックを受けたが、いまでは映画のシーンとなんら変わらない。それに当事者を知らないので、かれらと自分を同一視できず、そのため悲しみもわかなかった。ニゼルの立場と比較対象になるのは、テレビの前でリモコンをいじり、変化にとんだ番組がたくさんあることをよろこんでいる人々くらいのものだろう。

かれにとっていちばんおもしろい部分はもう終わった。嘆き悲しむ女や子供を観察する気はなかったので、ここをはなれてべつのシュプールを追おうとする。そのとき、おや、と思った。老いた男たちの一団が花を持って戦場に向かってくるのだ。

女と子供たちは立ちあがり、死んだ敵の横にいまも立っている最後の生きのこりのほうを向いた。一団はそちらに歩みより、ひとりがスピーチをおこなう。ニゼルにはひと言も理解できない。それから、その男が勝者に花を手わたした。

その瞬間、人々のあいだに歓声があがり、女と子供がたがいに抱擁し合う。両陣営の追悼者たちはすっかり入り乱れ、まもなくだれがどちらに属するのか、見わけがつかなくなった。戦死者たちの遺体をその場にのこし、なにごともなかったようにがやがやとしゃべりながら去っていく。上空から猛禽の群れが降下し、死体に群がった。

ナフィ……なんてことない、と、ニゼルは思う。戦士たちはたがいに打ちかかり、最後のひとりがおのれの血にまみれて倒れるまで際限なく戦いつづける。そうしてやっと戦闘が終わって殺す相手はもはやいないことに気づいたところで、和解がはじまり、死者への悲しみを忘れてあすに気持ちを向ける。それなら、なんのための犠牲だったのか？　なぜ、損失がこれほど大きくなる前にやめなかったのか？

ニゼルは嘆息した。

自分にはけっして理解できまい。どこもかしこも同じ。これは宇宙の生物すべてに共通する現象なのだ。じつにシュノルムで……すくなくとも、そこにはなにか意味があるだろう！

＊

ストゥルの持つ武器がローダンの額に向けられるのを見て、〝エレメントの十戒〟の被造物であるウェイリンキンはぎょっとして悲鳴をあげた。かれはふたりから五十メートル上方にいる。介入は無理だとわかっていた。白鼻との戦いに時間をとられてしまったのだ。ツーノーザーに数秒、長く引きとめられすぎた。

かれの悲鳴は、灼熱する結晶体の出す騒音にかき消される。予測していなかったことに、モビーが完全に目ざめたため、カオスが生じたのだ。ここでローダンに死なれてはまずい。ウェイリンキンの任務は細胞活性装置保持者のボディガードだから。だが、それは事態の展開がある点に達するまでのことで、その先は反対の命令が有効になる。

ほかの選択肢はない。シャフトに飛びこむ。このようなすてばちの行動でローダンを助けられないことはわかっていたけれども。ストゥルが発砲する前に自分が到達して阻止するには、テレポーテーション能力がいる。あるいは、武器をもぎとるテレキネシス能力か。

そのときだ。ストゥルが発砲し、銃口から閃光が出た。

ところが、そこで時間がぴたりととまった。一時停止の映像のように、風景が静止して動かない。ひろがりかけた火煙はそのままの状態で動かなくなり、そのなかのどこかにあるはずの銃弾も先に進まない。ウェイリンキンもシャフトをおりていかず……動いているのはローダンだけ。ローダンはなんなくわきによった。おのれを殺すはずの弾丸と時間に対する影響力を持つかのように。

この瞬間、自分の脳はどこかおかしい、と、アンドロイドは思った。

目に見えているものは、真実ではありえない。

なにかしようと試みる。叫ぼうとしたが、声は出ない。腕を翼に転換させてローダンのところに降下しようと思ったが、それもできない。

急に視界がぼやけた。赤色をすべて除去するフィルターが目の前に当てられたみたいに、周囲は青く冷ややかに見える。やがて、命が消えるようにしだいに暗くなると同時に、しずかになった。聞こえるのは、自分の血液が脈動とともに流れる音だけ。

時間もとまっていたらしく、四方八方から白いラインが見えてきたとき、一瞬のあいだだったのか数時間が経過したのか、わからなかった。白いラインはいたるところにのびている。とてつもなく巨大な三次元のクモの巣さながら、ウェイリンキンはそのなかに囚《とら》われていた。

毛髪のように細くてほとんど見えないラインもあったが、あとは油性ペンで描いたように太い。

だが、かれがその意味を把握するより先にラインは消え、クロニマルたちが虚無からあらわれて接近してきた。鱗《うろこ》状の皮膚とトカゲ頭を持つ、尻尾のないネズミのような八本脚の黒い生物だ。カッツェンカットはこの動物を使って、ウェイリンキンとローダンを過去に送ったのだった。

こいつら、なにをしている？　しかも、なぜ、こともあろうにいまあらわれた？　これらの陰険に光る目が深い満足感を反映しているように見えるのは、錯覚か？

自分は任務をはたしていない、と、ウェイリンキンは思った。カッツェンカットの期待どおりにローダンの意気をくじくことができなかった。かれは強靱《きょうじん》な意志の持ち主であり、わたしよりまさっている。ローダンの命を守るようい われていたのに、それもできなかった。わたしは発狂したのか？ 任務に失敗したせいで、脳が機能しなくなったのか？

かすかな空気の動きが触れた気がする。ウェイリンキンは、からだが動かされているように感じた。回転しているらしい。見えない力によって無限のなかに吸いこまれていくように思われた。

クロニマルは消え、遠方に複数の星々があらわれた。急速に巨大化し、かれの間近を通過していく。顔を横に向けると、一恒星の紅炎が自分のところまで到達するかに見えたが、灼熱は感じなかった。

ものすごい速度で一惑星に接近しつつあることに気づき、もうだめだと思った。それは生命の気配すらない、赤い砂漠惑星だった。

地表に激突してめちゃめちゃに砕けるだろうと思いきや、からだが実在しないかのように、惑星をすんなり通過していく。そのあと、べつの惑星に接近しはじめた。赤い惑星よりはるかに大きく、青色にきらめいて宇宙の漆黒からくっきりと浮きたっている。こんどもまた、そのままの速度で大気圏に突入したが、抵抗もかすかな風も感じない。この惑星も突き抜けるだけだろう。ところが、それはまたしても思い違いだった。

いきなり草地に立っていたのだ。すぐそばに芽が吹きはじめた木が生え、ステップのような平原が見わたせる。さまざまな種類の動物が何十万と活動していた。すぐそばの草のなかを巨大な蛇がするすると移動していく。どうやら十二本脚のアンテロープに目をつけたらしい。

ウェイリンキンは身をかがめて草をつかんだ。触れることができるかどうか、たしかめたかったのだ。狂いかけた脳がでたらめの映像を見せているのではないか？　それとも、これはありうるたくさんの現実のひとつなのか？

五十メートルほど前方に、長い頸にのった頭が地面からにゅっと出てきた。嘴《くちばし》のように突きでた鼻、きらめく複眼。頭の上には、虹の色すべてに輝く扇のような触角が入り組んでいる。その目がこっちを向いていると、ウェイリンキンは感じたが、恐くはなかった。自分と未知生物のあいだには、一本の木のほかに藪もいくつかあったから。

ところが、十メートルとはなれていない地面の穴から似たような生物が出現して、ががたと奇妙な音を発した。つづいて、さらに七個の頭がかくれた巣からあらわれ、二分後には数百個の複眼がウェイリンキンに向けられた。かれは、非常に好奇心旺盛な未知の生物にかこまれていたのだった。それらは次から次へと地表へ這いでてくる四本脚の昆虫生命体で、グリーンの翅《はね》と毛におおわれた褐色の胴体、棘《とげ》で強化された尾を持っている。

物音は最初のうち聞きとれないほどかすかだったが、いまやあらゆるものを凌駕《りょうが》するほどの騒音になった。生物がすこしでもからだを動かせば音が出るのだ。

それは昆虫の筋肉から生じる音であり、かれらはそれで意思疎通しているらしい。このケースでは、トランスレーターは役にたたない。この種のコミュニケーションに対してプログラミングされていないからだ。

生物の数匹が踊るように草地を移動し、筋肉音のボリュームをほかの個体よりあげた。ウェイリンキンをかこむ輪がせばまっていく。

十戒の被造物は身の危険を感じた。昆虫生命体の棘のある尾がはげしく動く。有毒ガスが放出される可能性を考えて後退しようとしたが、その場から動くことができない。ぎょっとして自分のからだを見おろす。なにも変わったところはない。足をあげて横に置いてみた。ところが、一歩も移動していない。

ということは、幻覚か！ これは真実ではありえない。草のにおいもするし、皮膚に風も感じるが、錯覚にちがいなかった。わたしがいるのはここではなく、いまもなおモビーの戦場だ。

ゲームをしかけているのは何者か？ なんのため？ カッツェンカットはそんなものに言及しなかった。未知ファクターが出てきて、わたしの知らない新しい前提をつくりだし、正気を奪うのか。

一生物がすぐ間近までよってきて、大きく尾を振る。尾に当たって死ぬのは時間の問題でしかあるまい。

それとも、惑星を通過したときのように、わたしのからだを通り抜けるのか？

いや、そうはなるまい。自分の手で草を感じたではないか？

生物が急速に接近してきた。ウェイリンキンはぞっとして逃げようとする。その瞬間、足が地面からはなれた。やんわりと宙に浮き、さっきまで横にあった木との距離がひろがっていく。

さらに五匹の昆虫生命体がかれを追ってはね、しきりと翅を動かしたが、とどくことはなかった。かれのからだはふわりと浮上して雲をこえる。そのとき、入り組んでもつれたラインが見えた気がした。もはや正気だとは思えなかった。

2

ばかばかしくも幻想的なシーンをもっと探すため、時間巡回者は時間シュプールをパトロールしていた……永劫からそうしてきたように。

時間シュプールをさかのぼって戦闘シーンを最初から見ようかと、しばし思案してみる。ところが、なにかにぎょっとさせられた。近くにべつの知性体がいるらしい。かれが〝知性体〟とみなすのは、思いのままに時間の道を移動できる能力を持つ者だけだ。通常の生命体……人類もそれにふくまれる……と、それらのもとで起こる勝利、悲劇、大災害といった出来ごとは、かれにとっては一種の見世物でしかない。

〈わたしの名はニゼル!〉べつの知性体が見えないうちに、かれは呼びかけた。

新しい時間シュプールを追う。べつの知性体とコンタクトするのに充分なくらい近くなったところでそれをキャッチし、黒々とした夜の海の上方を浮遊した。ほんの数メートル先で、ぼんやりしたものが波の上を踊るように動いている。霧の断片みたいで、いまにも風に吹き散らされそうに見える。二百メートルもはなれていないところに、ライトアップされた船一隻が見えた。船首は海水に沈んでいる。氷山に衝突したらしい。沈没する船から逃れようとする大勢の姿が見えた。

〈救命ボートの数がたりないんだよ〉べつの知性体が愉快そうに指摘すると、その思考がニゼルのほうに流れてきた。〈かれら、船が沈むことはありえないと思っていたんだ。これで考えを変えるほかあるまい。そうそう、わたしの名はアベシュだ〉

〈ずいぶん前からここにいるのか？〉

〈船が氷山に衝突したときから。あれは最高の見世物だったよ。このところついているらしく、非常に楽しめるシーンをいくつも目撃した。しかも、見るべきものがあるとき、つねにきちんとその時間シュプールに行きつく。べつの惑星では、それまで登頂不可能といわれていた山に一原住生物が登ったんだ。感動的な眺めだった〉

〈見るべきものがあるとき、つねにきちんとそのシュプールに？〉

〈うん。きみのいいたいことはわかる。わたしにとっても、シュプールを正確にキャッチするのはいつだってたやすいわけではない。ときどき修正しなければならないから、当然すこし手間がかかる〉

〈ある時間シュプールに導いてやろうか。そうすれば、きみはそれを追跡できる。原住種族が核爆弾を発明したばかりの一惑星に、ある星間種族の宇宙船が着陸するところだ。どれほどたくさんのアクションが生まれるか、想像できないだろう〉

〈そういうシーン、たまらないよ〉アベシュは認めた。〈だけど、最高の冒険といえば、なんといっても限界時間への進入だね〉

〈限界時間？〉ぎょっとしたニゼルの口から思わず言葉が漏れる。〈まさか、本気ではないだろう。限界時間といえば、特別な理由がないかぎり、ふつうの時間巡回者は一万年以内に近づくことのないゾーンじゃないか〉

かれはアベシュの正気を疑いはじめた。正しい時間シュプールをキャッチするのに手間のかかる者が、危険きわまりないゾーンに入ったことがあると主張するとは。

〈〝ふつうの時間巡回者〟だって？〉と、アベシュ。

〈すまない。きみを侮辱するつもりはなかった。わたしはただ、限界時間では時間シュプールが不明瞭で変化しやすいといいたかったのだ。そこに入ったことのある時間巡回者はみな、英雄だな〉

〈あるいは、おろか者……そういいたいんだろう〉

〈まあな。だが、まったく悪気《わるぎ》はない〉

アベシュは笑った。楽しくてたまらないようすだ。それもそのはず。人々の乗っている救命ボートに到達しようとしてできなかった数名の男たちが、氷のように冷たい海水のなかで溺れるようすを間近に見ているのだから。

〈おろか者であれ英雄であれ……わたしは限界時間に進入して、見てのとおり、ぶじに

もどってきた〉

〈刺激的だっただろうな〉

〈もちろん。それに、時空士を見つけた〉

〈時空士？〉

〈そう呼ぶことにしたんだ。空間と時間の両方を移動できる者だから〉

ニゼルは感心した。

〈つまり、その空間士はマシンを使わずに空間も時間も移動できるというのか？〉

〈そのとおり〉

〈驚いたな。有能な知性体なんだろうね。わたしはまだそのような者に出くわしたことがない。マシンを使って時間を行き来できる生物がいることは知っている。だが、空間を基準に生きる者がそうした実験をすれば、かならず深刻な結果となることは明らか〉

〈たしかにそうだ。時間シュプールが破壊されたり、時間の道の一部が損傷したりする結果ばかりだった〉

〈時空士にはその危険はないのか？〉

〈ないと思う。かれは潜在的な時間巡回者であり、さらに空間を移動する能力も持っている〉

〈正直いって、興味がわいた〉

アベシュは笑った。

〈よろこばしいことだ、ニゼル。時空士を見るために限界時間まで行けばいいじゃないか？　最高に危険だけど、楽しめるぜ〉

〈もう向かっている〉

〈楽しんでこいよ！〉

＊

ニゼルは一惑星のくっきりしたラインに沿って進む。とても好きな行為だ。そうしたシュプールははっきり認識できるから。

およそ大宇宙に存在する物体はすべて……埃《ほこり》の粒であろうと人間または恒星であろうと……時間のなかにシュプールをのこす。生物を例にとると、生まれたときにシュプールがはじまり、死んで肉体が完全に分解されるまでつづく。時間シュプールの明瞭さや安定性は、物体の大きさに左右される。つまり、恒星のシュプールは、一生物や一個の石、あるいは個々の原子のそれよりはるかに強い。

この時間シュプールというのは、ニゼルが見たところ、一クロノン……つまり、一兆分の二秒……ずつの映像がつながって生じるものだ。動画のプロセスがひとこまずつプロジェクターで投射されることによって見えるのと同じく、人間の時間シュプールがはじまれば、時間巡回者はその行動を一種の映画として見ることができる。時間シュプールの特定個所を見たいなら、個々のこまに集中し、映像の流れをとめてシュプールをキャッチすれば、空間士と呼ばれる者たちの世界に入れるのだ。ただし、問題がひとつあった。あるシュプールをひとたびキャッチすると、空間的位置を変えることはできない。たとえば同じこまの場所に一年間、みずから決めてとどまるのは問題ないが、シュプールを追跡している対象のすぐそばしか見られない。

ニゼルが戦闘の終わりを観察していたときは、運に恵まれた。戦士二名が交戦中に丘の向こう側に消えていたら、その先は観察できなかったのだから。その場合でも観察したければ、自分が選んだ木の時間シュプールからはなれる必要があった。ニゼルがこのシュプールに注意を引かれたのは、すぐそばで異常なほど多くの時間シュプールが突然に終わっていたからだが、途中で丘の時間シュプールに乗り換える必要が生じたとしても、すこしの努力でうまくいっただろう。

このとき重要なのは、あらたに追う時間シュプールが薄すぎないこと。たとえば、よほど特別な理由がないかぎり、数十億年前から存在する光子のシュプールを追ったりはしない。そうしたシュプールに沿って急行すれば空間の移動性は格段によくなるが、同時に、支えを失ってどこかに流されるリスクをおかすことになる……たとえば、危険な限界時間の方向に。そこに接近するのは、きわめて高い精神力を持ち、自制のきく者でなければ許されない。

限界時間ははるか先にあって、シュプールのない未形成の未来にゆっくりと入りこんでいる。そこの……〝その時点の〟といったほうがいいかもしれない……時間シュプールは、かたちづくられている途中なのだ。まだ不安定だし、輪郭もぼやけている。あえてそこに進入した時間巡回者は、限界を超えて漂流し、未来という虚無にたどりつくリスクをおかすことになる。それは、ニゼルやアベシュのような生物にとって死を意味する。だからかれらは、現時間ポジションと限界時間のあいだに最低でも一万年の間隔をおくよう注意していた。時間巡回者が直接、限界時間に進入するのは、特別な状況のときだけだ。

アベシュと別れたニゼルは、まず限界時間の方向に進むふりをした。だが、しばらくすると速度をゆるめ、おちついて考えてみる。そんな危険な領域に入ったことはまだ一度もないばかりか、通常ならそこに行こうと考えることすらあるまい。けれども、経験豊富なアベシュがいった、空間と時間の両方を移動できる空間士の話に、かれは強い印象を受けていた……アベシュの前で認めたよりもずっと強く。それでもなお、限界時間に進入するというとんでもないリスクをおかすべきかどうか、冷静に考慮しなければならない……なんといっても、冒険が死出のハイキングとなりかねないのだから。

時間巡回者ともあろう者、いつかは思いきった行動をとらなければなるまい。おのれの価値を証明するため、いつかは限界時間を訪れなければ。先のことはだれにもわからない……ひょっとしたら、そこに着くまでに見ることや体験することがいくらでもあって、道中も楽しめるかもしれないではないか？　慎重に行動し、危険を感じたらすぐに退却すればいい。これほどトルケリグな冒険を逃すべきではない。

ニゼルは未来に向かって進みはじめた。時間と空間の両方を移動できるという、ウルキュ・ミュレかつシュノルムな空間士に会ってみたいものだと願って。

＊

ウェイリンキンはつまずいたような気がした。もつれて絡み合うラインのなかを移動中だが、どこかに障害物があるらしい。出っ張りのようなものがあって、よけて通過することができない。

そのとき、全身を悪寒《おかん》がつらぬいた。とらえどころのない構造物がいきなり目の前にあらわれたのだ。突出した無数のパイプ、回転するボウル、灼熱するワイヤー、ぶーんと音をたてる羽根、脈動する一発電システムから構成されているように見える。

この物体はどこからきたのか？　自分となんの関係がある？

かれは入り組んだ技術設備のなかに飛びこむ。ぐいっと引かれる感じがしたかと思うと、いきなり三名の異生物が前方に見えた。全体像からすると独楽《こま》のような生物だ。胴体は円錐形を逆さにしたかたちで、その鈍い先端が床でたえず回転している。胴体の上部断面は円形で、その上に、青みがかった粘液のなかに浮かぶ球形の頭がある。四本の有柄眼、薄く細長い耳、前に突きでた鼻。口は確認できない。粘液部分から出てくねくねと伸びる腕二本の先端には、すくなくとも七本の指が見える。

頭と腕がいっしょにまわるのは、独楽生物がべつの方向に向きなおるときだけ。ぶーんと音をたてながら空間内をあちこちに移動するあいだ、かれらの手はレバー、ハンドル、ボタン、キイ、シリンダーといったありとあらゆるものにせわしなく触れていく。さまざまな装置がやかましい音をたてるので、ウェイリンキンは耳をふさぎたくなった。両手をあげて頭に当てたが、耐えがたいほどの騒音を防ぐことはできない。

「時間の流れがわれわれをとらえた」三名のうちいちばん高齢と思われる個体が大声でいった。粘液のなかに浮かぶ球状の頭を、白髪が冠のようにかこんでいる。「実験は成功する。ハワス、おろか者め、この時間の偉大さがわからないのか？　おのれの目で見るがいい。われわれはすでに千年以上、過去をさかのぼった。まもなく目標時間に到達する。そこでグルッカーを殺せば、われらの未来は美しい光に照らされるのだ」

言葉が理解できるのを、ウェイリンキンは不思議に思ったが、徐々にわかってくる。翻訳不要の思考をとらえたものが、自分の音響的知覚と調和しているらしい。

「おっしゃるとおりです、師よ」ハワスが応じた。胴体の回転がほかの個体のそれよりはるかに遅いのは、混乱した感情のあらわれらしい。「正直いいますと、たったいままで疑っていましたが、エネルギー流から見てほかの結果はありえません。われわれはグルッカーのもとに向かっているということ。ただ、わたしはやはりかれを殺してはならないと考えます。それにより、われわれ自身の未来が変化しかねないので」

「きみにはけっして理解できまい、ハワス」

「理解していないのはあなたのほうかもしれません、師よ。あなたは卓越した最高の技術者ですが、時間に関してはなにもご存じない。グルッカーを消すことで美しい新世界が生じるなら、われわれが未来においてタイムマシンをつくる理由はなくなります。われわれがグルッカーを殺せば、そのおかげでかれが現代にまで影響する犯罪をおかすことはなくなり、大戦争を引き起こすかれの息子たちも生まれないからです。ところが、タイムマシンをつくらなければ、グルッカーを殺すことはできず、かれを殺すことはできず、美しい新世界は生じない。だから、グルッカーを殺すために過去に向かう。だが、かれを殺せば、タイムマシンをつくるきっかけはなくなるのです。わかりますか？」

〝師〟はひとしきりごろごろという音をたてた。悠然と楽しんでいるらしい。

「かれが次の言葉を発するようにしむけるのだ……タイムマシンをつくり、わたしを殺せ、と！」

「なんのために？」ハワスは当惑した。

〝師〟はふたたび声をたてて笑う。

「これぞ絶妙のアイデアというものだ、おろか者よ。グルッカーの言葉は歴史にのこり、新しい現代まで伝えられる。そこでわれわれはタイムマシンをつくり、かれを殺す。きみがばかのひとつおぼえみたいにくりかえす時間パラドックスも、これで解決だ」

ハワスは苦しげなうめき声をたてた。〝師〟の考え方はおめでたいと思ったらしい。

だが、それを口にするより先にマシン一台が轟音《ごうおん》とともに光をはなった。鋭い音をたててタイムマシンの一部が機能を停止し、サイレンが鳴りだす。その音のけたたましさに、ウェイリンキンは頭が破裂するかと思った。

独楽生物三名はパニックにおちいり、タイムマシンの手狭な中枢部でひっきりなしに動きまわっている。無我夢中で機器を操作していて、かれらの技術が生んだ傑作がこうむっている許容不能な遅延にも気づかない。

ウェイリンキンはとてつもない力にとらえられ、投げだされた。どこかにつかまろうとしたが、うまくいかない。からだがタイムマシンの内部を押し流されたさい、何度となくショートが起こる。唖然とし、わけがわからなくなった。マシン内の物質またはエネルギーといくらコンタクトしようとしてもできなかったのに。かれのからだは旋回しながら、〝師〟のマシン群の外にある虚無に向かってのびるように見える幅ひろいラインに向かっていく。両腕でラインを抱きかかえるようにつかまったが、すぐにはなしたくなった。焼けるように熱いのだ。手のなかでザイルが勢いよく動いていて、皮膚が摩擦される感じだった。だが同時に、減速したのを感じる。さっきまで高速で動いていたラインは、ふいに減速しつづけるベルトとなった。やがては完全にとまるだろう。景色も変化したらしい。目の前にあるのは恒星により焼け焦《こ》げた土地で、影のような姿のものが移動している。

すると、やかましい衝突音がした。かなりの高度からなにかが落下して砕けたらしい。かれはいきなり、丘に建つ塔の上にいた。わずか数メートル先に金属をはめこんだ墓があり、独楽生物が群がっている。墓穴のなかには死んだ独楽生物一名が横たわり、そこから五十メートルほどはなれた場所で山に似たマシンがもうもうと煙をたてていた。驚いたことに、壊れたタイムマシンだった。考えていたよりはるかに大きい。一軒家くらいと踏んでいたのだが、こうして見ると高さ五十メートル弱、基部の直径は百メートルありそうだ。

独楽生物三名がそこから出てきた。

群衆は沈黙している。巨大なスクラップの出現に驚いているのだろう。

「遅かった」〝師〟の嘆きの叫びが沈黙のなかに響く。「おろか者ハワスよ、見るがいい。グルッカーはすでに墓にいる。死んだのだ。もはや撃ち殺すことはできない」

「しかも、もうわれわれはもとの時間にもどれません」ハワスが応じる。「タイムマシンはただの残骸になってしまった。この時代の技術では修理できないでしょう」

「ならば、われわれ、この時代の問題にとりくんで解決しよう」〝師〟は説明する。

「新しい未来をつくりだすのだ」

そこでタイムマシンの残骸は消え、時間研究家三名も最初から存在しなかったみたいに、ふいにいなくなった。〝師〟の発言がすでに未来に効力をおよぼしはじめたらしい。独楽生物の群れが墓穴に押しよせ、死んだグルッカーを埋葬しようとする。

そのとき、いきなり衝突音と轟音が発生。虚無から巨大なタイムマシンがあらわれた。すぐに崩壊し、いたるところから煙が噴きだす。群衆が驚いて振り向くと、マシンの残骸から独楽生物三名が回転しながら出てきた。

「遅かった」〝師〟が嘆く。「おろか者ハワスよ、見るがいい。グルッカーはすでに墓にいる。死んだのだ。もはや撃ち殺すことはできない」

「しかも、もうわれわれはもとの時間にもどれません。タイムマシンはただの残骸になってしまった。この時代の技術では修理できないでしょう」

「ならば、われわれ、この時代の問題にとりくんで解決しよう。新しい未来をつくりだすのだ」

タイムマシンの残骸は消え、時間研究家三名もふいにいなくなった。独楽生物の群れが墓穴に押しよせ、死んだグルッカーを埋葬しようとする。

そのとき、いきなり衝突音と轟音が……

＊

ニゼルは忘我の状態になっていた。限界時間の方向に進めば進むほど、感慨が深まる。とりわけ自分自身の大胆な行動を、トルケリグだと思った……つまり、すばらしいということ。

限界時間に近づくにつれ、好奇心が強まっていく。時間ラインを追いながら、アベシュが描写した生物のシュプールを探しはじめた。

高揚した気分になって慎重さを忘れたおかげで、うっかりコースをそれ、ある光子の時間シュプールに滑り落ちた。それにより、らせん状の時間ラインが無数に入り組んでいる空間に導かれる。減速してUターンしようと思ったときにはすでに遅かった。

あらがえない力によってらせんのなかに引きこまれた。全力を振りしぼって戦い、大声で助けをもとめたが、返答はない。そこで、長い生涯のあいだに知ったトリックを総動員してみる。

だが、なにひとつ効果はなかった。巨大重力場の影響領域にはまって、自力で抜けだせなくなったのだ。一光子の時間シュプールと結ばれていただけなのに。

ピケリグ！　おぞましく不快な状況だ。ぜったいに受け入れられない！

そのとき、遠くのほうから思考が流れてきた。

〈どうかしたのか、ニゼル？〉

アベシュの声だ。

〈ブラックホールに落ちていく！〉

〈ナフィ！〉相手が応じる。〈なにをあわてている？　反対側でも生きていけるのに〉

〈反対側というのがあればの話だ！〉ニゼルはうめき声を漏らす。そこでテレパシーのつながりが切れ、ふたたび恐怖とともにとりのこされた。らせん状の時間シュプールを通過する速度がどんどんあがっていく。らせんの幅がしだいにせばまり……終わりが近づいてくる。時間巡回者がブラックホールにあえて接近したという話を耳にしたおぼえはない。そこに消えて二度と出てこないらせん状の時間シュプールが、そのことをしめす明白なしるしではないのか。ブラックホールからもどる道はないのだ。

楽しみにしていた大冒険も終わってしまった。大きな危険が待ちかまえるという限界時間を恐れていたと思ったら、いまや、時間巡回者ならだれもが避けるブラックホールの吸引力にはまっている。たくさんの疑問があったのに、答えを得ることはもうないだろう。宇宙にはとてもたくさんの種族がいて、ぜひ出会いたいと思っていたのに。宇宙に無数に存在するシーンのなかで、自分が見たものはほんのわずかでしかない。それらのシーンだって、自分が出会わなかった時間シュプールのそれにくらべたら、ぜんぶワルネウッかもしれないのだ。つまり、はなはだしく退屈ということ。

死を恐れているわけではなかった。死んだ時間巡回者を見たことがないので、どんなものか想像もできない。ただ、命が終わったらもうなにも体験できなくなるのが悔やまれる。

助けてくれ！　お願いだから……と、嘆いた。そのあいだに、かれのからだは細長く伸びてらせん状の薄い霧となり、想像を絶する速度でひとつの点に向かっていく。すべてのシュプールがひとつになり、虚無すなわちブラックホールに消える点へと。

そのあとは、どうなる？

すべてのシュプールの終わりには、なにがある？　ほんとうに虚無なのか？　では、虚無とはいったいなんなのか？　なにかしらが存在するはず。

シュプールの終わりとは、あらゆる時間の終わりということか？

ピケリグ！　おのれをなじる。そんなことは想像不可能ではないか。

そのあとは思考できなかった。速度はどんどん増して、ほぼ光速になる。影のようなからだは……まだ〝からだ〟と呼べるのならの話だが……はてしなく伸びて、あらゆる時間ラインのはじまりから終わりまでとどきそうに思われた。

ざわめくラインが目に入り、大渦巻きを感じたところで、考えるのをやめた。

大きすぎるリスクをおかして、すべてを失ったのだ。

ラインの終わりに到達する。

衝突する二惑星のあいだにはまったような感じだった。周囲では荒れ狂う炎が燃えあがろうとしている。想像を絶する力によって圧縮され、ふたたび解放される感覚だ。

無数の時間シュプールにかこまれて広大な宇宙を進んでいく。

なにも変化は見られない……ブラックホールのらせんが消えたこと以外は。かれの背後にもそれはない。もっとも近くのらせんですら、はるか遠方に見えるにすぎない。

宇宙内のあらゆる物体は、光子であれ、人間や恒星であれ、時間のなかに痕跡をのこす。そうしたシュプールを、ニゼルはそれまでと同様に見ることができていた。

あれは錯覚だったのか？　それとも、自分の命はあと一クロノンで終わろうとしていて、これまで出会ったものが映画のように目の前で展開しているのか？　自分という存在が抹消される前の、別れの挨拶ととらえるべきか？

なにかが変化するまで待つことにする。だが、なにも起こらず、すべてそのまま変わらない。

なにが起こったのか、知る必要がある。どこかしら違うものがあるはずだ。ブラックホールに突入する前とみんな同じだったら、それこそワルネウツだから。

かれは見こみのありそうなシュプールを選び、キャッチするために身がまえた。生物の存在する惑星を訪れて、そこのようすをみることにしよう。

3

ウェイリンキンが同じシーンを二十回以上見たのち、独楽生物の動きは速まった。かれは無限ループから脱出しようと躍起になる。独楽生物の輪郭はしだいにぼやけ、あちこちに出没する幽霊のようだ。それから、シーンの展開は非常に速くなり、植物が成長して開花し、しおれるのが観察できるほどだった。冬がきて大雪が降ったと思うと、すぐに春になり、そのまま夏へと移行する。やがてその映像も消えた。惑星はぼやけていき、十戒の被造物が追跡した奇妙なシュプールがふたたびあらわれる。

細いラインの一部が膨《ふく》れあがり、球が形成されていく。周回する電子を持つ原子の模型に似たものだ。それを見たウェイリンキンは、入り組んだラインから逃れることはできないと悟った。

ローダンを見つけださなくては。自分の任務は時間のなかを駆けめぐることではない。ローダンのところに行かなくては。だが、もはや保護することはありえない。殺すのだ。怒りがこみあげた。未知の生物が自分をローダンから引きはなし、モビーから連れだして時間のなかを移動させている。ウェイリンキンは復讐を誓いつつ、ある時間シュプールに沿って高速で進みながら、必死になって考えた。こんなことを引き起こしたのは、いったいだれなのか。

テラナーはあれからどうなった？　死んだのか？　あるいは、最後の瞬間に死の弾丸から逃れた？　かれも時間のなかを駆けめぐっているのか？

こんなことにならなければ、とっくにわかっていたはずなのに！

いずれにせよ、夢見者の任務はもう遂行されないのだ。ローダンは自立して行動しているにちがいない。こちらの望みどおりにかれの士気をそぐことはできなかった。だから、最終プログラムが有効になる。ローダンは死ななくてはならない。

だれに……またはなにに……つながっているのかも、どこに導かれるのかもわからない、任意の時間ラインを追跡しつづけてもなんの成果もないことは、わかっている。ローダンのシュプールを追わなければ。それはツーノーザーの時間ラインのすぐそばにあるはずだから、目につくにちがいない。それに、ツーノーザーの時間ラインは、ほかのものとはほんとうにきわだって見える。かれらの運命はよく知られているから。島の王たちがモビーの手を借りて惑星を破壊した時点で、ふいに終わっているのだ。つまり、さまざまな太さの時間シュプール数十億がいきなり無になるということ。ローダンのシュプールも、そこで見つかるはずだ。

逆方向に移動している、と、ふいに気づく。ローダンとツーノーザーからますます遠くなっていくように思われた。Uターンして、べつの場所を探さなければならない。減速に成功し、いまいるシュプールを逆に進もうとしたとき、思いだした。そうすれば、いやがおうでも時間パラドックスから生じた球状構造物に行きついてしまう。二度とそこを脱出できない危険がある。

ぎょっとして、かなり遠くにある時間シュプールにうつろうとした瞬間、間違いに気づいた。だが、もう遅すぎる。支えを失い、虚無に墜落した。もつれて絡み合う時間シュプールのあいだをぐるぐるまわりながら通過していく。全宇宙空間の半分を横切ったかと思われたとき、やっとべつのシュプールをつかんだ。

こわごわと周囲を見まわす。

それほどの距離を移動したわけではなさそうだった。事実、無限のなかを進んだのではなく、同じシュプールのそばを堂々めぐりしていたらしい。隣接するシュプールのほうに慎重にからだを伸ばす。驚くほどすんなりと乗りうつれた。そこからさらにべつのシュプールを探る。ちいさな移動であれば、シュプールからシュプールへわりとスムーズにうつれることがわかった。

やっとのことで危険なシュプールから充分にはなれたと感じた。しだいに速度をゆるめていくと、やがて追跡するシュプールの束から町の映像が見えてきた。

かれがいるのは、ビルが建ちならぶ光景のまんなかだった。そこでは盛んな活動が展開している。ビルの張り出し屋根の上に立つウェイリンキンの横には明滅するネオンサインがあり、どんよりとした昼間の町を照らしている。眼下には、悪臭をはなつやかましいエンジン駆動車が行き来し、歩道には柱のかたちの生物が大勢歩いていた。かれらは、たくさんの関節がある脚三本と、胴体の腹の高さのところから突きだした頭を持つ。熊のように不格好な頭の上に、たった一個の大きな耳たぶが冠のようについている。そのうしろに突出する二本の有柄眼は、胴体の上にかざせるくらい長く伸ばすこともでき、つねに動いている。そのため、この町の住民はいくらでも周囲の出来ごとを見わたせるという印象があった。

もっとも、住民たちにとり、周囲の状況を把握するのはとりわけ重要らしい。なぜなら、ここにいるのはかれらだけではないから。

柱状生物のあいだを、影に似たものが通り抜けていく。動きが速すぎて、ウェイリンキンにはその姿かたちがわからなかったが、ふつうに動いている住民たちとはまったく違う種族に属するように思われた。見てとれたのは、柱状生物よりやや小柄ということだけだ。そのときふと、車道の上方に弧を描くようにわたされた橋の上を、大きめの体《たい》躯《く》がとんでもない高速で去っていくのに気がついた。相手にとっても、十戒の被造物はさっと通過する影にすぎなかったはずだが。

不思議に思ったウェイリンキンは、影がどのような意味を持つのかを探って詳細を確認しようとする。真実はかんたんな話だったのだが、手がかりをつかむのにしばらく時間を要した。

驚くべきことに、かれらは異なる時間プロセスに生きているのだ。影のように見える生物にとって、時間はほかの生物にくらべて急速に進むのだろう。自分も時間を速めなくては。そうすれば、もっとよく見えるかもしれない。

おかしなもので、自分のシュプールの時間プロセスを意識的に変えようと努力しているあいだは成果がなく、どんなにがんばってもなにも起こらなかった。ところが、それをやめて、過去にもどるために減速しようと考えたとき、さっきまでどんなに努力してもできなかったことが起こる。時間プロセスは徐々に変化した。かれの感覚ではふつうに動いていた生物たちが、しだいに緩慢になり、とうとう停滞してまったく動かなくなる。そのかわりに、影だったものはふつうの速さで道路を進む生物となっていた。なかには大急ぎの者もいて、硬直している群衆のあいだを強引に進んだり、何度かぶつかったり、故意に相手を突いたりしている。時間ならいくらでもあるという感じでのんびり歩く者もいる。緩慢な時間プロセスを生きる種族が使用するものとなにひとつ変わらないエンジン駆動車が、高架橋を走行している。実際、車輛はいずれも同じ工場でつくられたような印象を受けた。

影だった生物は緩慢な種族より小柄だが、それ以外はまったく同じ外見だった。異なる時間プロセスを持つ惑星内で緩慢な生物と共生し、適応したのだろう。

少数の子供たちが緩慢な種族にいたずらをする。とまっている者たちの顔に絵の具を塗ったり、黒い布きれで目かくししたり、歩道にワイヤーを張ってつまずかせようとしたり。けれども、すぐに大人があらわれ、子供たちの背中をたたいておしおきすると、被害者たちが気づくより先に絵の具を消し、布きれやワイヤーをとりのぞくのだった。

なぜこんなことが可能なのか、なにがこんな時間現象を生じさせたのか。十戒の被造物は考えたが、見当もつかなかった。町のほかの場所や、できるなら惑星のべつの部分も見たかったが、空間を移動することができない。

やがて、ある子供がかれに気づき、甲高《かんだか》い悲鳴をあげながらカラーボールを投げはじめた。それはウェイリンキンのわきの壁に当たり、醜いしみとなった。耐えがたい異臭がたちのぼる。逃げたほうがよさそうだ。

時間プロセスを減速していくと、子供たちはすばやく通過する影になり、大柄な柱状生物はふつうの動きにもどった。ところが、その動きがやがて速まる。ついには影となって道路を猛然と駆け抜け、輪郭はぼやけていった。アンドロイドが時間シュプールから滑るように移動すると、高速で過ぎ去る映像とのコンタクトは失われる。かれは過去に向かった。ローダンを探しだして殺すために。

ローダンに出会える時点は、かれを殺すはずの銃弾が発射されたあとしかあるまい。そのことはすでにわかっている。もしローダンが銃殺を生きのびたのであれば、自分が見つけだして殺そう。

それより前の時点への介入は、ぜったいにしてはならない。収拾のつかないカオスになってしまうから。なぜなら、自分がテラナーをその前に殺せば、ツーノーザーは生きたローダンを狙い撃ちできないではないか？

出口のない時間の罠にはまらないよう細心の注意をはらって行動しよう、と、アンドロイドは心に決めた。

＊

生物の住む惑星はすぐに見つかり、ニゼルは見こみのありそうなシュプールをキャッチした。数十億のシュプールといっしょになっていて、多様な生命が期待できる。

時間プロセスを減速して細部が見わけられるようになったとき、かれは一都市の郊外にある岬にいた。金銀細工のような生物が水辺をせわしなく行き来している。からだはメタリックにきらめく無数の弓からなり、その両端は地面に達している。最初に見たときは、めちゃくちゃに絡み合ったワイヤーかと思った。下半分が地面に埋まって見えないのかと。だが、この生物に下の部分はなく、弓だけでできているのだった。そのうち数本のあいだには目がいくつか揺れ、ほかの弓は上を向いて釣り竿をいじっている。

ふいに弓状生物が勢いよく竿を水から引きあげた。釣り針は生物の腕の一本に乗る。と、同時に地面に置かれたバケツから魚が一匹はねて竿につながり、そこでさかんに暴《あば》れはじめた。やがて釣り針の魚は水にもどり、弓状生物は釣り道具を岸に置いた。

付近の宇宙港からグライダーが飛びたつ。

ニゼルはとほうにくれて空を見あげた。

なにかしら間違えたらしい。グライダーが尾部を前に飛行しているのだ。

逆まわしのフィルムを見ているようだ。

モーターボート三隻が湾をスタートして高速で海に進んでいく……やはり船尾を前にして。

シュプールを逆方向に進みはじめたらしい、と、時間巡回者は考えた。方向転換しなければ。それですべてまるくおさまるはず。

かれは加速した。それにより、映像がぼやけて時間シュプール上を滑走できる。それからべつのシュプールにうつり、ふたたび惑星に降りたつ。こんどは都市の中心部だったが、なにも変わっていないことはすぐにわかった。弓状生物が大勢いて、全員うしろ向きに移動している。かれらの乗る車輛も、家々のあいだを飛びまわる鳥も同じだ。

自分はこの宇宙でひとり時代錯誤な者らしい。あらゆるものに逆行しているのだから。

おちついて思考するために、かれは惑星をはなれて絡み合う時間シュプールにもどった。だが、長くはとどまらず、じきに第二の居住惑星を訪れることにする。時間が逆行する数すくない惑星のひとつに偶然に着地したのではないかという疑問があったから。しかし、すべてが逆に進行する宇宙にいるのだということは、すぐに明らかになった。雲が破れたかに思われる大雨に出くわしたのだが、雨滴は天から降るのではなく、地面から雲に向かってのぼっていたのだ。

ニゼルはショックを受けて後退した。

いずれは自分もこのプロセスにとりこまれるだろう。物質はブラックホールを通って絶え間なくこの宇宙に降ってくる。それらはもとの状態に恒久的にとどまることはできず、ここの条件に服することになる。これが論理というものだろう。つまり、自分もそうなるということ。

ナフィ！　アベシュはそういった。どういうことだろう？

かれはわたしよりたくさんのことを知っているにちがいない。結局はかれのいうとおりだ。わたしにとって、そのうちに時間が進むプロセスが逆になっても、どうでもよくなるだろう。時間シュプールを追跡できるのだから、どこに行くかは自分で決めればいい。それですべてはもとのままだ。

でも、この宇宙から出なければ、時間と空間の両方を移動できるという時空士にはけって出会えまい。

そのことが決定的に作用し、ニゼルは出口を探しはじめた。

なにごともなくブラックホールを通過したことが、いまだに不思議でならない。そんなことが可能だとだれかがいっていれば、嘘つきと呼んだだろう。

しかし、このブラックホールにかぎっていえば、まさに異なる極性を持つ宇宙への連絡路であることがわかった。

あちら側からここへ移行できたということは、もどるのだって問題あるまい。だったら、なぜここに順応しなければならないんだ？　そんな必要もないのに。

らせん状の時間シュプールを探すと、しばらくして実際に見つかった。そこまでの距離は推測できないが、ブラックホールを思わせる構造物がある。先ほど自分が出てきたものか？　それともあれはブラックホールではなく、物質の泉だったのか？

それもこれも、どうでもいい。ここを通過し、アベシュから聞いた時空士を見つけるのだ。

かれは加速し、らせん状構造物の方向にのびる時間シュプールに沿って進んだ。何度かあらたなシュプールにうつったのち、ついに目標まで達しているシュプールが見つかった。すでにマクロ重力の放射にとらえられ、前方へ引きこまれていく。逆らわずにいると、今回は覚醒した意識で虚無への落下を体験した。またしても衝突するふたつの巨大天体のあいだにいるような感覚。周囲は燃えさかる炎に沈むかに見え、凝縮した宇宙の大質量に押しつぶされる……と思ったら、ふいに絡み合う時間シュプールから放出された。もつれたシュプールが妙に見なれたものに感じられる。

ニゼルは歓声をあげた。

トルケリグ！　やったぞ。ほかのどの時間巡回者よりはるかにすごい冒険をしたんだ。

周囲の無限に向かってテレパシー性の呼び声を送る。自分の体験をほかの仲間に伝えたかったのだ。だが、残念ながら返事はない。時間巡回者は宇宙内にちらほらとしかいないから。いかにすくないかということを、いまやかれは思い知らされた。ひとりとして返答しないとは。

知らせるのはあとでいい、と、自分をなだめた。すでに限界時間から五千年まで接近し、時間シュプールに気持ちを集中させる必要がある。今回はいかなる失敗も許されない。不安定なゾーンでコースを見失えば、もはやチャンスはないのだから。

限界時間というのも連絡路のひとつだと、ニゼルは皮肉に考えた。死の帝国への連絡路というわけだ。

無限のなかに消えてしまわないよう、アベシュからテレパシーで教わった典型的特徴のある地域を、慎重に探りながら進む。こうしてさらに一千年、近づいたとき、探していたシュプールが見つかったと思われた。時空士にまちがいない。

キャッチする。

いきなり多数のヒューマノイド生物がいる空間にいた。かれらはテーブルにつき、目の前に置かれた食べ物とドリンクを摂取している。付近の空港から飛行機が離陸し、騒々しい音をたてて建物の上を飛び去った。

時空士と話をしている黒髪の男が驚いたようすを見せた。男はすぐれたテレパスであり、面倒を引き起こさないためにこちらに対して瞬間的に精神ブロックしたことに、ニゼルは気がついた。どうやらこれは、実際の限界時間からかなりのクロノンをさかのぼった時点での出会いらしい。ここで間違いをおかせば、とんでもない結果を引き起こすだろう。

ひとりの女がニゼルを見つめ、眉をひそめて顔をそむける。だが、ふたたび目を細めてかれを見た。心を決めかねてかぶりを振り、ドリンクの入ったグラスをわきに押しやると、また顔をそむけた。しかし、かれのことが頭からはなれないらしい。向かい側にすわった子供になにか訊こうとして口を開いたが、思いなおしてやめた。ニゼルはそのようすをおもしろそうに眺め、場所を移動しようとは考えなかった。反射するガラスの前まで浮遊していく。背後は道路なので、女はかれをガラスに反射した像と受けとめるだろう。

「マティーニをもうひとつ」女はウェイターに呼びかけ、頭をさげて巻き毛のあいだからニゼルを盗み見た。かすかなうめき声を漏らし、片手で目をさすってから、「いえ、やっぱりやめるわ。お勘定、お願いね」と、注文を断った。

アルコールを飲みすぎたせいだと思ったらしい。

道路のほうから男がふたり近づいてくる。かれらの放散する脅威が感じられた。時空士のところに向かっているらしい。これからアクションたっぷりのシーンを見て楽しめるぞ、と、時間巡回者は思った。しかし、テレパスが警告したらしく、時空士はべつのドアから出ていった。

ニゼルは落胆のため息をついた。時空士を尾行したいところだが、かれにはそれができない。

時空士がこんなに早く見つかったんだから満足しろ、と、自分にいいきかせる。これからその時間シュプールを、アベシュのいっていた時点まで追跡すればいい。というのも、この時点ではまだ、ローダンという名の生物が……ニゼルはその名を黒髪の男の思考から読みとった……時空士でないことは確実だからだ。かれはまだ発展途上にあり、目下のところは空間士にすぎない。

ニゼルはローダンの時間シュプールにもどり、それに沿って先に進んだ。そばにあるシュプールのほとんどが非常に短い時間で終わっているのに、ローダンのはなんの損傷もなくつづいているのが不思議に思われた。

それどころか、しばらくすると太さとパワーが増しているのだ。ほかの同胞たちより長く生存するための生命力を獲得したかに見える。

そのとき、哄笑《こうしょう》を聞いたように思った。驚いて速度を落とす。見知らぬ時間巡回者がいるのか？　危険な限界時間に近づいたのは自分だけではなかったのか？

またしても笑い声がした。どうやら思い違いだったらしい。時間巡回者ではなく、べつの存在のメンタル・インパルスをキャッチしたのだった。明らかにニゼルよりはるかにすぐれた強大な相手で、時空士との結びつきを持つようだ。その存在がニゼルのことを笑っている。

インパルスをもっと聞きとりたい、できれば会話したい、と願ったが、相手は沈黙している。

シャドア！　そう思いながら、時間シュプールに沿って急いで進む。なるべく早く限界時間に達したかったから。

しかし、すぐにまたためらった。

ローダンのシュプールがはっきりしないのだ。

時間実験に巻きこまれているようだ。複雑化して危険な事態になりかねない。

〈まさにそのとおり〉と、ある思考が漂ってきた。〈かれらは時間のなかで踊ってい

る〉

ニゼルはぎょっとした。また、べつのだれかの声だ。

〈なぜそんなにおびえている、友よ？　だれかに会うことはまれなのに〉

ニゼルは妙に心を動かされて、

〈たしかに〉と、相槌《あいづち》を打つ。〈きみはだれだ？〉

〈あなたと同じ時間巡回者。ほかにだれがいる？　会えてほんとうにうれしい〉ニゼルは聞き間違えたと思い、最後のコメントを聞き流すことにした。

〈さっきはなんていった？　時間のなかで踊っているとは、どういう意味だ？〉

〈よりによって、そんなことを話さなくてはならないのか？〉

〈それなら、なにを話すんだ？〉

〈われわれ二名のこと。それならどう？〉

ニゼルは、時間シュプールが崩壊していくような気がした。なにがあってもおかしくないと考えていたとはいえ、個人的つながりに興味を持つ時間巡回者に出会うとは思ってもみなかった。しかも、相手のエネルギー・バランスに女性的な部分はあまりないのだが。

精神ブロックすると同時に加速する。ところが、ローダンの時間シュプールが目の前でほつれていくのに気がついた。やみくもに進めば、虚無に滑り落ちかねない。それは死を意味する。

そのとき、見くだすような笑いが心中で響いた。

〈進んではだめ、ニゼル〉もうひとりの時間巡回者のささやき声。〈そこまで不注意なことはしないだろう？〉

〈ほっといてくれ〉

〈やっとのことであなたを見つけたというのに？　なぜ？〉

ニゼルは苦しげなうめき声を出す。ほかの時間巡回者たちと話したいという意向が自分にもあることは否定できない。だが、それは純粋に知的な理由からであって、感情的なものはこれっぽっちもない。

〈あなたはもうすこしで墜落するところだった。そうなったらシャドアだろう？〉

〈まったくシュノルムだ〉ニゼルは嘆息した。〈ローダンが時間のなかで踊っているとはどういうことか、いいかげんに話してくれよ〉

〈ほんとうにせっかちだな、友よ。そっちに行くからちょっと待って。あなたを見てみたい〉

4

ウェイリンキンが失敗をくりかえすのは、時間巡回者としての経験がたりないからだった。クロニマルのエネルギーをとりこんだとはいえ、時間巡回者として数千年を生きてきたニゼルのようにみごとに使いこなすことができずにいる。ニゼルのほうは、時間シュプールを的確に追跡し、危険な場所を事前に回避することを習得していたが。

ウェイリンキンが時間ループに気づいたときには、すでに遅すぎた。跳びこえようとしたけれども巻きこまれ、乱暴に急制動がかかった。気がついたときには、高く切り立つ崖の縁に立っていた。

地平線上に強い光がひらめき、アンドロイドはあまりのまぶしさに手で目をかばう。閃光から火柱が生じ、渦巻きながら核のキノコ雲に成長していく。

アームバンドのコンビ機器に目をやると、高い放射線量をしめしていた。

はるか下方に山頂があり、左側の山腹に見なれない生物が数にして四百くらい、洞穴から焼けた平原に出てくるところだった。廃墟と化した家々のあいだに無数の車輌の残骸が転がっている。地面にできた黒い漏斗《ろうと》状の穴は、爆撃の跡だった。

ウェイリンキンは腰をおろし、目を凝《こ》らして下方のようすを眺めた。避難する生物たちの思考が、かれらのなかにいるように明瞭に入ってくる。

この生物はニュートラナーという名前を持つ。故郷惑星ニュートラからとったものだ。かれらはパニックになるほどおびえている。驚愕に圧倒されて明瞭に思考できない状態だ。勃発した戦争がこれほどの規模になるとは、だれも予測していなかったらしい。いまや、敵の住む大陸ばかりか、惑星ニュートラ全体が瓦礫《がれき》と灰に帰するとみなされている。

ニュートラナーの思考に強く動かされたウェイリンキンは、かれらのそばに行ってみたいと思った。そこで、ウテルという名の男のシュプールをキャッチする。ウテルとは〝科学の君主〟ほどの意味だ。

たちまち、かれは放射線を発する岩のあいだにうずくまっていた。わずか十メートル先をニュートラナーたちが歩いていく。

驚いたことに、かれらを知性体とみなしたのは間違いだったらしい。だが、それは無理もないことだった。ニュートラナーは原始的生物と共生関係にあったのだ。

ニュートラナーは細長い皿のかたちの胴体と十対の脚を持ち、身長は半メートルに満たない。短くたくましい頸の上に頭があり、表情豊かな目、上に突きでた二本の触角、先の尖った耳がついている。胴体から伸びる長い尾は、真っ赤な羽根でおおわれていた。皿のくぼみにはヒューマノイド生物がいる。それで、最初アンドロイドはそちらを知性体と考えたのだった。

ヒューマノイドは頭がちいさく、グレイの嘴が前に突きでている。その上には顔の横幅いっぱいに伸びる視覚ベルトがあり、多彩な色の羽根のような頭髪がそれらに影を落としている。腕はアンバランスなほど長くたくましいが、脚は矮小《わいしょう》で、からだを支えるのもままならないようだ。

ウェイリンキンは合点がいった。腕を持たないニュートラナーは、この原始的生物と共生しているわけだ。そうしなければ、アイデアを実行にうつして技術作品をつくりだすことはできないのだろう。

「気をしずめろ」ウテルが仲間に呼びかけた。驚いたことに、ニュートラナーは共生体とテレパシーで意思疎通できるものの、仲間同士ではできないらしい。また、ウェイリンキンがニュートラナーの思考を感じとれるのに、向こうはこちらに気づかないようだ。

「気をしずめろ！　すべて予言どおりに進んでいる。この災厄をわたしは予告したはずだ。忘れたのか？」

ウテルはわきにより、ウェイリンキンから二メートル弱のところで埃のなかに身を沈めた。触角が回転し、ときどきあちこち向きを変える。近くにいる生物を探知しているのかもしれない。

「これ以外の解決法はなかった。戦争になることはわかっていた。結局、われわれがそれを望んでもいたのだ。このような戦争の可能性を否定する者もいて、武器があるのはひとえにほかの者たちに畏怖の念をいだかせ、かれらに武器の使用をひかえさせるためだと主張した。だが、そんなのはもちろんたわごとだ」

「でも、ひどい状況です」女が口をはさむ。「ニュートラは汚染されました」

ウテルは動じることなく、先をつづける。

「実際、関係者たちはみな、ずっと考えてきた。どのようにしてほかの種族を滅亡させ、生きのびたらいいか、と。われわれは唯一の無難な道を見いだしたのだ。それを忘れるな。核爆弾のせいでニュートラは死の砂漠と化し、もはや惑星に生命は存在しない。われわれのいるここをのぞいて」

群衆がかれをとりまく。女、男、子供の数はだいたい同じと思われた。だれが生きのこるかを、ウテルはきっちりと決めたのだろう。

「われわれは洞穴のなかにいて、爆発を生きのびた」かれはいった。

「代償が大きすぎます！」若い男が抗議する。「ほんのすこし間違えば、われわれ全員死んでいた。爆弾のひとつは洞穴内に飛んできました。爆発していたら、全滅だったではないですか」

「あれは不発弾だ」ウテルは冷静に応じる。「すべてうまくいった」

「地獄だわ」と、年配の女。「地獄がどんなものか、いつも自問していたけど、いまわかったわ」

「もう一度いうが、気をしずめろ。どうしてこうなったか、忘れたのか？　二大権力圏が対峙《たいじ》して、どちらも相手を潰滅させることを辞さなかった。ところが、どちらの陣営でも、われわれ個々の存在など重要ではなかったのだ。数千年が経過したところで、それは変わらないだろう」

「われわれが望むのは美しい新世界です」ひとりの男が説明する。「そのために戦争を勃発させたのです。ほかのニュートラナーを一掃するために。二度と戦争を起こさない新種族の萌芽を、われわれでつくりましょう」

「そのとおり」ウテルが肯定する。「いいか、わたしの発明品であるタイムマシンのパーツが霧の谷に保管されている。それは、われわれを八千年後の未来に送りこむ。それだけたてば、核戦争の傷も癒えるだろう。そこにあるのは、開発されるのを待っている手つかずの惑星だ。戦争を生きのび、この世界の災《わざわ》いを永久に根絶するには、この方法しかなかった。いまやそれが達成された。これから霧の谷に行き、爆弾を避けて複数の洞穴のなかに保管しておいたタイムマシンの各パーツを組み立てようではないか。遅くとも四週間後にはタイムマシンの準備がととのうから、未来のパラダイスに出発だ」

ウテルは声をたてて笑った。

「嘆くことはない。よろこぶのだ、同胞よ。われわれ、核戦争の裏をかいたのだから」

「タイムマシンが完成するまで待てばよかったのでは?」ひとりの女が吐息を漏らす。

「最初はその予定だった、ステカ」ウテルが応じる。「ところが、その後の進展はわれわれの手に負えなくなった。いわば、自分の足で歩きだしたわけだ。戦争を起こす努力が功を奏しすぎて、われわれの計画より急速に進んだ。いいではないか。いずれにせよ、うまくいった。パラダイスはわれわれの目前にある。さ、作業にとりかかろう。タイムマシンを完成させなければ」

「あなたたちは五十億のニュートラナーを殺した」ある少女がなじり、怒ったように頭を上にそらした。「みんな殺害者だわ」

ウテルはおだやかな笑みを浮かべ、

「殺したのはわれわれではない、サシル」と、応じた。「殺害者は爆弾を発明した科学者であり、爆弾の増加を要求しつづけた軍隊だ。かれらは、ニュートラナーを全滅させて惑星を数百年間にわたり汚染するのに必要な爆弾の十二倍をもとめた。われわれは、こちらに都合のいいときに爆発が起こるよう、点火インパルスを送ったにすぎない。こうべを垂れて運命に身をゆだね、潰滅させられるのを待つかわりに」

「戦争なんか起こさないで、さっさとタイムマシンに乗ればよかったんじゃない?」少女がたずねた。「それだって、パラダイスに行けたでしょう」

「いや、そうすると危険だった」科学の君主は説明する。「確実なのは核戦争が起こるということだけで、いつ起こるかはまったくわからなかった。だから、運が悪ければ核戦争まっただなかの未来に行きついたかもしれない。そのようなリスクをおかすわけにはいかなかったんだ」

「そんなことをする権利はあなたたちにはなかったのに」少女は持論にこだわりつづける。「神の裁きがくだるわ」

「ふむ。若者はおのれの意見を持ってしかるべきだ。気をしずめていっしょに行こう。タイムマシンの準備にとりかかるのが早ければ早いほど、この恐ろしい時間を早く出られる」

ウェイリンキンは、立ち去るニュートラナーたちのうしろ姿を見守った。ウテルが目標を達成するかどうか、気になるところだ。そこでウテルの時間シュプールの映像を早送りして、三週間後の未来に移動する。

そこは、包装材を積み重ねた山のあいだだった。タイムマシンのパーツを保護していたものなのだろう。かれの横には崖がそびえ、十メートルほどはなれた場所に赤くほのかに光るアーチ形のエネルギー・フィールドが、複雑きわまりない外観の機械装置の上部にかかっている。ニュートラナーたちはその前に立っていた。

やったぞ。ウェイリンキンは自讃した。まさにぴったりの時間を選んだらしい。かれらはこれからタイムマシンで出発するところなのだろう。

ウテルは群衆を見わたせる岩の上にのぼり、

「諸君、われわれはやりとげた」と、呼びかけた。「幸福な未来への道が開かれた。タイムマシンは作動する。機能テストもすべて良好だ」

背中に乗った共生体が腕をあげてたたきながら、きいきい声をあげた。ほかの共生体も同様に応じる。

「確実に未来にたどりつくんですか？」と、ひとりの男が訊いた。「高放射能のせいでなにかが変化している恐れは？」

「すべて完璧だ」科学の君主は主張する。「わたしを信頼しろ」

かれは岩からおりると、きらめくアーチ形エネルギー・フィールドのなかに同胞たちを導き、時間旅行にいざなう。だれもみな、放射能に汚染された惑星を去るのがうれしいようすで、かれにしたがった。

最後のニュートラナーがマシンのなかに入って一分が経過すると、アーチは消えた。

実験が成功して好奇心の満たされたウェイリンキンは、時間シュプールを追うために加速しようとした。そのとき、複雑な外見の機械装置が、周囲に転がっていた包装材もろとも消える。かれは、タイムマシンのかけらすら見えない谷に、たったひとりで立っていた。

遠方から鈍い爆発音が聞こえてくる。

愕然として目をこすった。

空耳か？　それとも幻覚？　だれも予測しなかったことが起こったのか？　ウテルが殺したと考えていたニュートラナーがまだ生きているのか？

なにが起こったのか、突きとめなくては！

渾身の力をこめて、見失ったはずのウテルの時間シュプールに集中する。次の瞬間、かれはある洞穴の前の、いくつもの岩のあいだに立っていた。前にいたのとぴったり同じ場所だ。わずか十メートルはなれたところを、ニュートラナーの男女や子供が通りすぎていく。極度のショック状態にあり、恐怖に目を見開いている。

「気をしずめろ」ウテルが群衆に呼びかけた。「気をしずめろ！　すべて予言どおりに進んでいる。この災厄をわたしは予告したはずだ。忘れたのか？」

これは変だぞ。ウェイリンキンはそう思って、腹がたった。しくじったらしい。すべてがはじまった時間にあともどりしてしまった。すでに知っているシーンをもう一度見たくはない。

ふたたび誤った時間帯に飛びこむのを確実に避けるために、ウテルの時間シュプールだけが見えるところまで大きくもどる。それは奇妙に曲がっていて、ほんの一部しか見えない。注意深く追跡すると、驚いたことにシュプールは輪になって、最初にかれがキャッチした場所にもどっていた。

その理由は、かれにはわからなかった。

ふたたび速度をゆるめたとき、ウテルが岩からはなれて仲間たちをタイムマシンに導くようすが目に入る。

予想どおり、タイムマシンは消えた。谷は最初からだれもいなかったように見える。わけがわからないまま、こんどは先ほど自分がかくれ場にしていた包装材の時間シュプールを追う。また同じシーンがくりかえされた。ウテルが群衆を連れてタイムマシンに入る。それからシーンは予想どおり突然に変化し、十戒の被造物は一洞穴のなかにいた。横には大きな箱がある。かれは鉤爪をこしらえ、包装材を切り裂いてみた。それはほとんど抵抗のないもろい合成物質でできていた。

箱のなかに入っていたのは、タイムマシンの一部である複雑な機械装置だ。

ついにアンドロイドは理解した。

時間シュプールを追跡した結果、ニュートラナーがタイムマシンに入る三週間前にもどったということ。ニュートラナーは未来に行けない。包装材も、タイムマシンも、谷も……おそらく惑星全体も。

「きみたちに未来はないな、友よ」と、声に出してから、笑い声をとどろかせた。「何度やっても同じ時点にもどってくるだけ。一歩も前には進めず、パラダイスには到達しない。この代物によって、みずからつくりだした時間ループにはまったのだ」

ウェイリンキンはまだ笑いながら、なんの苦もなく時間ループを脱した。ニュートラナーのタイムマシンの機能は、科学の君主ウテルの想像とはまったく違うものだった。かれらの行進は永遠につづくだろう。

おそらく、たくさんの惑星の種族や個人が、自覚なしにこのような時間ループのなかに生きているのだ。これと同じことが前にもあったのではないか、と、ときどきは思うかもしれないが、深く考えることもせずに。

*

〈あなたと踊りたい。決まってるだろう?〉

この思考を受けとったとき、ニゼルはすでに、スフィートという名の時間巡回者がどこかに行ってしまったと考えていた。

かれはまだローダンのシュプールに固執《こしつ》していたが、そのとき、スフィートがいっていたことの意味を理解する。

ローダンの時間シュプールはまっすぐにのびているはずなのに、そうではなかった。

どの方向に行きたいか決めかねているみたいな感じで、横にあちこち飛んだり、上にはねたり、急勾配で降下したりする。それはかれのシュプールだけでなく、ほかの数十億のシュプールも同様だった。なかでも幅ひろく目だつのは、恒星と惑星の時間シュプールだ。ほかは、この星系に存在する多数の残骸のシュプールや、第三惑星に住む無数の生物のシュプール。

それらが入り組んで、とてつもない規模の迷宮となっている。経験の浅い時間巡回者なら即座に方向転換するだろう。ニゼルもしばらくたじろいだ。

〈面倒が起こるのは、時間ラインがジャンプするからなんだ〉スフィートの思考が脈打ちながら伝わってくる。思考は不変ファクターによって中断されたのち、中断個所のすぐ上や下、または横からつづいていた。

〈わかった〉ニゼルは応じる。〈だから、空間士は踊っているっていったんだな。かれの時間シュプールのことだったのか〉

〈よく理解してくれた！〉

スフィートは、一衛星のものと思われる幅ひろい時間ラインに沿って移動してきた。かなり大きな時間巡回者だ。きらめく姿をなめらかに動かし、みずから分解しようとしているみたいに、好意と善意をあふれださせている。時間シュプールのもつれのなかで、輪郭のぼやけた霧のしみといったところか。

〈こんにちは、友よ。あなたに会えてどれほどうれしいか、想像できないだろう。限界時間からはまだずいぶんはなれているとはいえ、ここでだれかに会うことはめったにない。でも、いったいなぜだろう？　危険すぎるから？〉

ニゼルはこの質問を無視することにした。限界時間に接近するのがいかに大きなリスクをともなうか、時間巡回者ならだれでも知っているのだから、答える必要はあるまい。

〈ここでなにが起こっているんだ？　シュプールが踊っているのはなぜだ？　ここの生物たち、時間を使って実験したのか？〉

〈テラナーのこと？〉スフィートは笑った。〈防衛の試みだよ。同じ種族の出身者たちが勢力を拡大して、かれらはそれによる脅威を感じたものだから、アンティテンポラル干満フィールドと呼ぶものをつくりだしたんだ〉

〈アンティテンポラル干満フィールド？　変な名前だな〉

〈だろう？　そう思うよね、友よ？　ワリンジャーという名の空間士が、遠い過去に属する種族の技術を引き継いで発展させた。このフィールドは太陽系と呼ばれる星系の全域にひろがり、太陽系はほんのすこし相対未来にうつることになった。現在時間に追いつかれないように〉

〈先に進もう〉ニゼルは居心地が悪くなった。〈このゾーンは好きじゃない〉

〈だけど、ここにいればいろんなことが起こるよ。信じられないくらいおもしろいこと

がたくさんあるんだから〉

ローダンが時間と空間の両方を移動できることを話すべきだろうか、と、ニゼルは考えたが、やはり話さないと決めた。スフィートにまとわりつかれる恐れがあったから。そこで、

〈わたしの興味はローダンという空間士だけだ〉と説明する。

〈干満フィールド・ジェネレーターのシュプールをキャッチするといい〉スフィートは助言し、〈きて。連れてってあげるから〉

〈いや、やめとくよ〉ニゼルは辞退し、急いでローダンのシュプールのほうへ逃げた。

そのシュプールが予期していないところにいきなりはねたとき、かれはあやうく虚無に墜落しそうになる。空間士がアンティテンポラル干満フィールドを操作したか、あるいはしばらくのあいだ、そこからはなれたのだろう。

ニゼルはすこし苦労して窮地を脱し、先を急ぐ。スフィートの悲しげな呼び声が聞こえてきた。

だが、わずかな思考ですらスフィートのためにむだにする余裕はない。時間シュプールはいまも絡み合っていて、驚かされることがいっぱいなので、最高の集中力を必要とするのだ。複雑な部分をいくつか通過したのちはおだやかなラインとなったが、たびたび時間跳躍によって中断される。外部からの影響によるものらしい。ニゼルが考えるに、

時空士の種族に対する異種族の攻撃と、それへの応戦だろう。シュプールの裂け目にはまらないようたびたび速度を落としながら、テレパシーのセンサーを伸ばす。〝グラドのタイムマシン〟、〝ゼロ時間デフォルメーター〟、〝カピンの時間ランナー〟、〝アコン人の時間転換機〟といった概念をとらえた。

かれは何度かローダンの時間シュプールをはなれてべつのシュプールにうつった。そのほうがかんたんだし、リスクもすくないように思われたから。そうやって慎重に手探りしつつ、限界時間に接近していく。時空士がいまいる絶対現在である。ところが、到達したかと思った矢先、シュプールを見失った。

また笑い声がしなかったか？　時空士となんらかのかたちで結ばれている力強き存在が背後にいるのでは？

無限のほうへと聞き耳をたてたが、納得のいく答えはない。一度だけ〝それ〟に似た言葉を聞いたような気がしたが……ずっと遠くからだった。この謎めいた存在はどこかに引っこんでしまったようだ。介入するつもりはないけれど、ものごとの展開を注意深く見守っているのか。

だが、それも思い違いかもしれない。

休憩するときだ、と、独白する。過敏になった神経にたぶらかされている気がする。休んで疲れをとらなくては。時空士に逃げられることはあるまい。

かれは、空間士のシュプールに平行して前進をつづけている―シュプールをキャッチすると、トランス状態に入った。リラックスしてあらたなエネルギーを入れるために。

5

ニゼルのからだは興奮に震えた。

もっとも大胆な夢のなかでさえ、これほど接近する勇気はあるまい。限界時間の最外縁部では、多数の時間シュプールがぼやけてほどけ、虚無に消えている。

だが、最大の驚きはローダンのシュプールだった。

それはUターンして過去にもどっているのだ。

ニゼルは茫然と立ちつくす。

さらに追跡するべきか？　いや、せめてその前に、シュプールがなぜ過去にもどっているのか突きとめるべきではないか？　時空士は大胆な時間実験に手を出したのか？　パラドックスを引き起こす危険がいかに大きいか、わかっているはずなのに。

糸のように細い風変わりな時間シュプールがローダンのそれに近より、クモの糸で絡めとろうとするかのように触れる。それから、上位の力が見えないナイフを使ったみたいにいきなり切れた。その横にあるもうひとつの時間シュプールは、ニゼルにはわけがわからない。多数の単独シュプールが合わさってひとつになったもので、威嚇的な気配を持っている。

時間巡回者には善悪の概念がない。そのため、ある惑星または宇宙船内でなんらかのシーンを見ても、行動は起こすことはなかった。ものごとの進展に影響をあたえたり、いずれかの陣営に介入したり、といった手段を持たないのだ。だから、陰惨きわまりない犯罪も、かれにとっては娯楽にすぎない。

だが、いま目の前にある時間シュプールには不吉なものを感じた。

それは同時にかれの心を強く引きつけた。あらがえない魅力を秘めていて、挑戦してくる。時空士のシュプールに接触して、またはなれていったこのシュプールがだれのものか、せめて知りたい。

ニゼルは速度をゆるめ、離脱直前の時点にリンクした。シュプールはそこで過去に向かってカーヴしている。つまり、決定的な出来ごとはここで起こったはずだった。

飛ぶように流れていく映像はしだいにゆっくりになり、かたちがはっきりしていく。やがて、小部屋にいるローダンが見えてきた。向かい側には、威嚇的な印象のシュプールをのこした生物が立っている。

その生物は背が低く痩身《そうしん》で、一度も日光に当たったことがないみたいに真っ白な顔をしていた。脚はニュートラナーと同様に短いが、腕は長く、手が床につくほど。軟骨質の頸二本に支えられた無毛のひらたい頭は、角のまるい煉瓦を思わせた。ふたつある口の片方は食物摂取のため、もう片方は呼吸器官らしい。頭全体に散在する赤いしみは感覚器官だろう。

時空士は、立った状態でなかにいられる大きさのエネルギー泡につつまれていた。それは機械室の床から数メートルの高さに浮遊している。

青白い生物の発するメンタル性の笑いをニゼルは感じとった。夢見者カッツェンカットという名であるらしい。

ロボット一体が作業ブリッジをわたって接近し、ローダンのいるエネルギー泡に宇宙服を押し入れ、

「着用するのだ」と、命じた。

ローダンが宇宙服を身につけると、べつの生物がブリッジにのぼり、愚弄《ぐろう》するような言葉をいくつか浴びせた。しわだらけのむらさき色の皮膚が張りついた頭蓋は、生物のというより死体のそれに近い。

そのときだ。それまで泡の下の床にうずくまっていた八本脚動物が、ふいにローダンのからだを這いのぼっていく。鱗状の皮膚とトカゲ頭を持つちいさな動物だ。ローダンは宇宙服を閉じ、のぼってくる動物を振りはらおうとはしない。なんにもならないとわかっているのだろう。あとからきた生物のからだも、やはり鱗のある動物にすっかりお

おわれている。

ニゼルは不思議に思いながら、ことのなりゆきを観察した。察しがついたのは、カッツェンカットが介入して動物を操作したときだ。

この瞬間、かれは動物が時間エレメントであることを悟った。そのなかには驚くほど多量の時間エネルギーが凝集している。カッツェンカットはそのエネルギーをローダンとむらさき色の皮膚の生物にうつすと、嘲笑し、二名を過去への旅に送りだした。動物たちは、エネルギーを供給してしまうと、分解して塵《ちり》と化した。

カッツェンカットはもう一度あざ笑う。勝利を確信しているのだろう。わずか数メートルはなれた場所で数基の機械のあいだを浮遊するニゼルには気づいていない。

そうだったのか！　ニゼルは合点がいった。空間士のシュプールが折れて過去に向かったのはこのせいだったのだ。

カッツェンカットがそわそわしだす。部屋を出ようとして立ちどまり、向きを変えてからだを前にかたむけた。はっきり見えないものを見ようとするように。

ニゼルは後退する。ひどく不快な雰囲気をかもしだす生物と接触する気にはなれなかった。

かれはローダンの時間シュプールに沿って進む。それは死者の頭蓋骨を持つ生物のシュプールといっしょに過去に向かっていた。カッツェンカットのものと似たインパルスを発するそのシュプールに、時間巡回者はやはり不快感をいだいた。

ウェイリンキンという名を持つこの空間士は危険だ、と、認識する。カッツェンカットとともにどんなことをたくらんでいるのか、わかったものではない。いずれにせよ、カタストロフィにつながりかねない。

時間シュプールに集中しつづけるだけでも充分に困難ではあるけれど、ウェイリンキンにもたえず注意をはらったほうがよさそうだ。

むらさき色生物には死のオーラがある。このような生物には、いままで一度も出会ったことがない。

ニゼルは、どのような時間概念を使っても概観できないほど長い生涯ではじめて、出来ごとに積極的に介入しようと考えた。これまでは観察するだけだったが。

時空士の命が、ひどいやり方で危険にさらされているのだ。なにかせずにはいられない。

ニゼルは、はっとしておのれの心に耳をかたむける。

なにがあった？　自分は変わったのか？　なぜ時空士とおのれを同一視する？　かれの身に起こることが気になるのはなぜだ？

カッツェンカットとウェイリンキンが時間を操作したせいで、予測不能な時間シュプールが生まれたからなのか？　それとも、この二名の持つ恐ろしく不吉なオーラが、非常に有望な時空士の生命を脅かしているから？

さっきの動物のことが頭に浮かぶ。カッツェンカットは思考のなかで、それらをクロニマルと呼んでいた。クロニマルと時間巡回者のあいだには、ある種の親近性がある……われわれと惑星チュセマの住民の場合と同じく。わたしはかれらを見失い、ふたたび見つけられずにいる。

注意を喚起されたのは、カッツェンカットがクロニマルを悪用し、時空士に対する武器としたからか？

ニゼルはローダンに接近し、メンタル・コンタクトをとると、時空士の状況について二、三、コメントした。そのとき、いくつかの時間シュプールがテラナーのそれにくわわったことに気づき、あらためてキャッチする。

ひとつ目の一生物がローダンの前に立ち、武器を向けていた。時空士を殺すことに決めたらしい。しかも、すでに発射したあとだ。瞬時の決定がもとめられる状況だった。ニゼルはいっさいの抑制をかなぐり捨てた。クロニマルからうつされた時間エネルギーをローダンのなかに感知し、それを増強する。同時に、ローダンが潜在的に持ちながら使っていない時間巡回力に気づき、活性化させた。

この瞬間、ローダンにとって時間は静止したようになる。ニゼルはローダンに、移動して弾道からはなれる可能性をあたえたのだ。確実な死をまぬがれる方法はそれしかなかったから。

〈ハロー、時空士！〉笑いながら呼びかける。

＊

細胞活性装置保持者はおおいに当惑した。このところしばしば聞こえてきた声だと認識したものの、状況の説明がつかなかったのだ。

まわりを見まわしたが、かすかな動きすら発見できない。周囲の世界は、一時停止の映像のようにかたまっていた。

だが、すばやく状況を把握する。

〈これは驚いた〉と、メンタル手段で応じる。〈トルケリグ！〉

こんどはニゼルが当惑する番だった。

〈シュノルムじゃないか！　のみこみが早いな、時空士〉

〈きみはだれだ？〉

〈友だ〉

〈それは大ざっぱな意味を持つ言葉だな〉

〈たしかに。ワルネウツだ。なら、興味をいだいた観察者とでもいっておくか〉

〈そのほうが聞こえがいい。感謝する〉

〈ナフィ！　なんだよ……たいしたことないのに〉

〈わたしにとってはだいじなことだ。このあとはどうなる？〉

〈ちょっとせっかちなんじゃないか、時空士？　わたしがそうしたいと思わないかぎり、先には進まないよ。それと、すこし努力すれば、きみだって似たような力をおよぼすことができる〉

〈そんなことだと思った〉

〈え？〉

〈わたしをからかう気だな。きみは何者だ？　名は？〉

〈ニゼル〉

〈ではニゼル、これからどうなる？　ひとつ問題があって、解決したいのだが〉

〈弾丸のことか？　あれはもう、きみに当たることはない〉

〈わたしがいうのは、惑星ゴイロレンのこと。エネルギー過負荷状態のモビーがそこに接近して、惑星を潰滅させようとしている事実だ。つまり、島の王たちがツーノーザー種族を滅亡させようとしている。そうなったのは、ある意味わたしのせいでもある。カッツェンカットはわたしにその責任を自覚させるため、過去に送りこんだのだ。ツーノーザーの居住惑星がすべて炎と灼熱のもとで死滅するのを、もう一度わたしに見せよう

として〉

〈まだ時間がある〉

〈違う。残念ながら、そうではない〉

〈時間シュプールがどんなものか、見せてやろう。集中してそれを認識するにはどうしたらいいか。そうすれば、きみの問題には時間の余裕があるとわかるはず〉

〈時間シュプール？〉

〈さまざまな太さのラインがどこまで行っても絡み合っているようなものだ。ひとつにまとまったり、ふたたびはなれたり、分割したり、もつれたり……だが、よく見るとわかる。それらは恒星、惑星、宇宙船、石、原子、光子、塵の粒といった、大宇宙に存在するあらゆる物質が持つシュプールなんだ〉

〈では、わたしにも時間シュプールがあるのか？〉

〈もちろん〉

〈だが、きみは何者だ？　なぜ姿を見せない？　目に見えない存在なのか？〉

〈見えているはず。ウェイリンキンの横にいるよ。かれはきみに手を貸すためにシャフトに飛びこんだのだ。ついでにいうと、くるのが遅すぎたが〉

〈霧しか見えない〉

〈それがわたしだ。満足したか？〉

〈イエス。感謝する。ところで、ウェイリンキンはどこだ？〉

ローダンはからだを回転させ、十戒の被造物の姿を探した。たったいままで一時停止した映像さながらにかたまっていたアンドロイドが、いなくなっている。信じがたいことが起こった。ウェイリンキンの時間もとまったはずなのに、いなくなっていたのだ。

〈ピケリグ……いない。逃げたのだ。ありえないことが起こった〉

霧は脈動し、拡張しはじめた。ウェイリンキンを偵察するための視覚器官であるかのように、末端が枝状に伸びる。ニゼルはアンドロイドが消えたことにひどく驚愕し、動揺しているらしい。明らかにただ一名、かれのコントロールからうまく脱したのだから。

〈いったいどこに？〉ローダンが訊く。

〈時間亀裂を見つけたにちがいない。おそらく、かれもクロニマルからエネルギーをたっぷり受けとったからだな。ナフィ……それだけのことさ。遠くには行けない。時間シュプールのあつかいに慣れていないから、ひどい目にあうだろう。不快な旅だよ。じつにピケリグだ〉

〈時間シュプールを見せてくれる話はどうなった？〉

〈ワルネウツでは長くもたないんだろう、え？〉

〈ワルネウツがなんであろうと……そんなことはない〉

 ニゼルは笑った。そうやって、ローダンが時間シュプールに集中できることがわかったと伝えたのだ。テラナーの目に周囲はぼやけていく。ストゥルもほかのツーノーザーも、もう見えない。そのかわりに救いようのないほど絡まり合ったラインが見えてきた。あらゆる方向からやってきて、あらゆるところに向かっていくようだ。

〈くるんだ、ローダン〉

テラナーは、ニゼルが自分からはなれるのを感じ、ついていきたいと願った。その思考とほとんど同時に、一本の時間シュプールに沿って進んでいるのがわかる。

クロニマルからうつされた時間エネルギーとニゼルから送られるエネルギーによって、時間巡回者となったのだ。この能力を使えるのは受けとったエネルギーがつきるまでだとわかっていたが、それは重要なことではない。

〈答えがほしい〉

〈なんの答えだ？　ツーノーザーの件か？〉

〈わたしのいうことはわかっているはず〉

〈もうすこし待ってくれ〉

〈時間パラドックスを起こさずに、モビー内や惑星にいるツーノーザーを救う可能性はあるのか？〉

ニゼルは笑っているらしい。ローダンが受けとったインパルスから、すくなくともおもしろがっているのがわかる。

〈ツーノーザーの時間シュプールが見えるか？　束になっているやつだ。モビーの太いシュプールに平行しているのだけでも数千はある〉

〈どのシュプールのことをいっているのかはわかる〉

ローダンは自分のシュプールを見たいと思い、下方に目を向けたが、拡散した霧のなかに自分の脚の輪郭らしきものが見えただけだった。

〈ツーノーザーとモビーの時間シュプールはすべて同時に切れている。はるか上、虚無のなかにある絶対的限界時間で終わるのだ。この虚無……つまり、ほかの時間シュプールと交わる〝交差接続〟のないところ……については、考慮の余地がある〉

〈よくわからない〉

〈ほかの時間シュプールとのつながりがないのだから、他種族の生活への影響もないということ。そう考えれば、ツーノーザーの死は、宇宙のどこかのかたすみで生じたなんらかの展開の原因にはならない〉

〈きみのいいたいことがわかったと思う〉

〈トルケリグ！〉

＊

ウェイリンキンは、とぎれることなくまっすぐに長くのびる時間シュプールを保持していた。

そろそろもどるべき時間だ。

自分がローダンからはなれたのは、事実上そうするしかなかったから。だが、それまで知らなかった世界に送りこまれ、そのおかげで完全に新しい眺望やチャンスが開かれた。

もっと早く思いつくべきだった！　おのれを責める。カッツェンカットのあらゆる予想を超える方法で、任務を遂行する可能性があったというのに。

夢見者を訪ねて計画について相談しようかとも思ったが、すぐにその考えを捨てた。ローダンの時間シュプールを見失う恐れがあったからだ。

ローダンとツーノーザーを解決不可能な時間パラドックスに突き落としてやろう。ツーノーザーの全惑星が潰滅するのを、テラナーは何度も見ることになる。永遠の苦しみを味わうがいい。

かれは笑った。

テラナーが不死なのはもってこいだ。いかなるものも、かれを永遠の拷問から救うことはできまい。

独創的なアイデアではないか！　ウェイリンキンは自讃する。完璧な計画だ。いまや急いでローダンの時間シュプールを見つけなければ。テラナーの処刑を阻止できる時点をキャッチしたい。だが、すぐにわかった。自分がそのシーンに入れるのは、未知の力によってそこから投げ飛ばされた直後なのだ。

何度か減速するが、そのたびにツーノーザーの時間シュプールを追っていたことが判明する。やっとローダンのシュプールを見つけてキャッチし、細心の注意をはらって決定的瞬間に接近した……だが、やはり遅かった。

ローダンが霧状の構造物とともに消えるのが目に入る。引きとめようとしたが、ニゼルの構築したエネルギーにさえぎられてしまった。

こちらの鉤爪からローダンが逃れたのと同時に、ツーノーザーがふたたび動きだした。時間はもう静止していない。どんどん先に進む……ローダンがいないこと以外は、前となにひとつ変わらずに。

ストゥルは武器を発砲し、弾丸は音をたてながらシャフト内を飛ぶ。どこかに当たってはねかえり、さらに飛びつづける。

ウェイリンキンはローダンの時間シュプールに退却し、もう一度挑戦した。やはり失敗。そのあと何度かためすも、成果なしだ。不死者がニゼルとともに消えるのを阻止することは、かれにはできなかった。

だが、時間パラドックスのために計画をあきらめるなんて、理由とはいえまい。ローダンをとめられないことが最終的にはっきりすると、ウェイリンキンはモビーのシャフト内にいるストゥルの近くにとどまることにした。

指揮官カルソフの助言者は愕然として、いましがたまでローダンがいた場所を見ている。それでなくても混乱したかれの頭では、なにが起こったのか理解できない。

ほかのツーノーザーもとほうにくれている。この数分間にあまりにもたくさんのことが起こったからだ。

惑星ゴイロレンに向かう予定のモビーが活動をはじめた。死んだと考えられていたが、そうではなかった。生きているのだ。結晶構造が人工太陽の光を受けて燃えるように輝いている。モビーがいまや完全に制御不能となったことは、ツーノーザー全員の目に明らかだ。それは全員が死の宣告を受けたも同然だった。だれひとりとして、この巨大な宇宙生命体からは逃げられまい。数百万というエネルギー警察が発生して、それこそ洪水のようにツーノーザーをおおうだろう。いくら破壊しても次々に後続がやってきて、やがてはモビーとその防御システムが勝利するのだ。

島の王たちはツーノーザーを全滅させるつもりだとローダンが指摘しても、かれらは信じなかった……最初は島の王に対して懐疑的だったのだが。しかし、いまとなっては、強硬姿勢の島の王たちが死の決意でツーノーザーに対処するということを、いやでも理解しただろう。すくなくとも、惑星ゴイロレンの破壊は目前に迫っている。その直後にほかの居住惑星の破壊がつづくのだ。

囚われの異人は逃亡し、二度と捕まらなかった。ローダンは消えている。そのかわり、もう一名の異人がどまんなかに出現した。ツーノーザーに対する恐れなどこれっぽっちもないかのように。

ストゥルは叫び声をあげながら振り向き、ウェイリンキンに向かって発砲した。弾ははずれる。次の瞬間にアンドロイドがストゥルに襲いかかり、殴って気絶させた。

ウェイリンキンはかがんでストゥルの武器をひろうと、ツーノーザーの頭上に向けて連射した。道をふさいでいる者たちを投げ飛ばし、通廊に逃走する。背後で警報がけたたましく鳴り、追っ手の叫び声が聞こえてくると、わきに身を投げた。間髪《かんはつ》をいれずに衝突音が響く。一技師が戦闘グライダーに搭載された機関砲を発射したのだ。ウェイリンキンのすぐ真横の壁に擲弾《てきだん》が当たって爆発し、背中に破片が降りかかるのが感じられた。だが、準備してあったので皮膚を貫通することはなく、瞬時に変形させたからだに当たって落ちた。

警報が鳴りやむ。

ウェイリンキンは先を急ぎ、モビーの外殻で作業していたと思われる宇宙服姿のツーノーザー数名を見つけると、襲いかかった。床に倒れたツーノーザーが武器をかまえる。ウェイリンキンはかれらの鼻を横ざまに殴り、一名から宇宙服をはぎとった。

「ほうっておけ」青い鼻を持つ唯一のツーノーザーがいった。「あいつと戦っても意味

かれらがしりぞくと、アンドロイドは宇宙服を手にとり、
「おちついて考えろ。戦ってもむだだ。どのみち敗北したんだから。なにをしても助からないことが、まだわからないのか？」

ツーノーザーは理解できない表情でアンドロイドを見つめる。ゴイロレンに向かっているエネルギー過負荷状態のモビーのことを、おそらくまだ知らないのだろう。

ウェイリンキンは、必要に応じてからだのあちこちを変形させながら宇宙服を身につけると、一側廊に駆けこんだ。ローダンを追うつもりだったが、ツーノーザーの目の前で時間シュプールに集中していいかどうか、わからなかったからだ。

周囲にだれもいなくなると、クロニマルによって開かれた神秘の世界に逃げこむ。意外なほどすんなりとできて、あっという間に絡み合う時間シュプールのなかにいた。

これでローダン探しを開始できる。

6

〈それでは、ツーノーザーを救う方法があるのだな？〉

〈まだあきらめないのか〉

〈あきらめることはできないし、そうするつもりもない。方法はあるのか？〉

〈時間シュプールのどれかを変更すると、かならず時間パラドックスが起こり、それと交差接続するほかのシュプールも巻きぞえをくう〉

〈それはわかっている〉

〈そうなると、われわれが慣性力と呼ぶ作用が生じるのだ。さらにパラドックスが起こり、時間ループといった不快な現象を引き起こす〉

ローダンは霧状生物のうしろにつづき、だれのものかわからない時間シュプールにうつった。ニゼルからすでに多くのことを聞いたので、時間巡回者というものについてかなり正確な知識を得ている。ニゼルは宇宙にいる無数の生物の生態について、自分の洞察を語った。〝空間士〟たちが運命的とか歴史的などと形容している出来ごとを、観察するのが大きな楽しみだと打ち明ける。それらは、宇宙的な枠組みで見た場合、ほとんど例外なく無意味な出来ごとなのだが。

ニゼルは自分にとって非常に重要な存在であると、ローダンは確信していた。かれがいればカッツェンカットの力から逃れることができ、さらに心理ゲームを逆転させて、指揮エレメント自身に矛先《ほこさき》を向けるチャンスすら生まれるのではないか。

忍耐するほかはあるまい。

ニゼルが笑い、話しかけてきた。

〈前に出会った時間パラドックスを思いだしたよ。きみにぜひ話したい。あれほど楽しい思いをしたことはめったになかった。あるとき、自分はとても賢いと思いこんでいる空間士がいて、種族の過去を訪れたんだ。過去のなにかを変えることで、自分の将来の可能性を高められると信じて……〉

ローダンは無言で相手の話を聞く。

せきたててもどうにもなるまい。ツーノーザーの問題にこちらがあまり強くこだわれば振り落とされ、見捨てられるかもしれない。

ニゼルが自分に共感しているという確信はあっても、それにたよりすぎるわけにはいかなかった。じつのところ、ツーノーザーの問題をいますぐ解決しようと試みても、あとまわしにしても、なんら変わりはあるまい。いずれにせよ、ストゥルが自分を殺そうとしたのちの任意の時点をキャッチすればいいのだから。

あるいは、それより前の時点にうつることも可能か？

ニゼルは話を中断した。ローダンの思考をとらえたのだ。

〈その場合、きみがふたり存在することになる〉

〈それからどうなる？〉

時間巡回者は笑った。

〈一例を見たいか？　時間旅行中に自分自身に出会ったらなにが起こるか知りたくて、実際にいろいろ実験するおろか者がいるのだ。問題の複雑さがわかっていないんだな。不測性についてはなおさらだ〉

〈説明してもらえれば充分だ〉

〈ピケリグ！　もうすこしシュノルムにやれないのか？〉

〈愉快に、ということか？〉

〈そのとおり。見せてやるよ〉

ニゼルはいきなり加速した。見えない牽引ビームがあるかのように、ローダンもいっしょに引かれていく。このなかで方向を見定めることはだれにもできまいと思われるほどの、不可解な時間ラインの絡み合いのなかを、ふたりは飛ぶように通過した。だが、いくらもしないうちにニゼルは減速し、

〈慎重にやるのだ、ローダン〉と、警告する。〈適切なときにシーンから脱出しなければならないから〉

そのとき、ほど遠からぬ場所にある時間シュプールがローダンの目にとまった。一カ所で奇妙にほぐれ、無数の輪や曲線模様に移行している。

すると、すでにふたりは一ホール内の手すりの上にいた。ホールには千名を超える異生物が集まっていて、その中心にある台座に異様なかたちのマシンがそびえている。これほど奇妙な装置はほかにあるまいと思われるほどだ。まったくそぐわないパーツ数千個をよせ集めてくっつけたような印象がある。

ホールに集まっているのは釣り鐘のような形状の生物で、上に向かってすぼまった胴体に数十個のちいさな目がついており、その下に三本の短い腕が突出している。裾《すそ》ひろがりになった胴体の下部が床についているため、脚は見えない。そもそも、脚があるのかどうかもわからなかった。

装置の横に立つ鐘状生物二名が腕をしきりに振り、スクリーンにうつるさまざまな色のシンボルを使ってなにか説明している。そのあとでかれらが装置の開口部に入ると、数秒後にグリーンのランプが光りだした。がたがたと音をたて、倒れるかと思うほどはげしく揺れている。パーツ数個の色が変化し、中央から青い閃光が上にはしった。

すると、すぐそばから鐘状生物二名が出現した。ホール内の同胞に手をあげて挨拶し、誇らしげに合図を送る。

〈準備しろ！〉ニゼルがメンタル性の声で呼びかけてきた。〈じきに脱出のときがくる〉

マシンが消え、つづいて据えられていた台座が分解すると、そこに黒い虚無ができて急速にひろがっていく。マシンの横に立っていた鐘状生物二名が捕まり、次々とほかの者たちものみこまれた。

〈行くぞ！〉

引っ張られる感じがしたかと思うと、ローダンは早くもべつの時間シュプールにいた。ニゼルはぼんやりした霧となってかれの目の前を通過する。恐怖に駆られて逃げているように。

〈もうすこしで捕まるところだった〉

〈なにがあったんだ、ニゼル？〉

〈まだわからないのか？〉

〈残念ながら〉

〈いたずら者が自分でしかけた罠にはまったのさ。二名がタイムマシンの横にあらわれたな。そのさい、時間エネルギーのポジティヴなフィードバックがあった。時間シュプールがばらばらになるのを見ただろう。なんらかのかたちで時間実験にかかわっていた

者が、みな消えたのだ。かれらの存在は終わった。これでもまだ、過去の自分に出会いたいと思うか？〉

〈いや、もういい〉

ニゼルは笑った。

〈自分自身を虚無に送りこむばかりか、この時間に関する無謀な冒険に直接かかわった全員が道づれになる。ま、カッツェンカットを打ち負かすことにもなるわけだが〉

〈ありがたいが、この方法はごめんだ〉

〈残念だな。わたしにとってトルケリグな体験になっただろうに〉

〈がっかりさせて心からすまなく思う〉

〈きみの問題に話をもどそう〉ニゼルが持ちかける。

〈ツーノーザーの問題か？　解決法があるのか？　かれらを破滅から救えるのか？〉

〈解決法があるかどうか、ずっと考えているんだが、わたしにはわからない〉

ローダンは落胆をかくそうともしない。

〈あきらめるのはまだ早い〉時間巡回者がいった。〈わたしの知識が乏しいだけのこと。祖先に教示を仰げばいい〉

〈それにはデメリットがあるな。祖先はもはや生きていない〉

〈トルケリグ！　きみたち空間士にとってはそうだが、われわれには当てはまらない。

祖先は存在を終えないのだ。かれらのところに行き、はっきりさせようじゃないか〉

〈どこにいるのだ？〉

〈祖先はテンポレルに住んでいる〉

〈テンポレル？〉

ニゼルは嘆息した。

〈いくつか説明する必要がありそうだな〉

〈たのむ〉

〈わかったよ。われわれは最小の時間単位をクロノンと呼んでいる。クロノンとクロノンのあいだの領域がテンポレルだ。知ってのとおり、時間は流れるのではなく、跳び跳びに進むもの。跳躍のあいだは時間が存在しない。この構成要素がテンポレルと呼ばれるのだ。時間シュプールを厳密に見れば、微小な断片が集まってできているのがわかるだろう〉

〈理解した〉

〈ウルキュ・ミュレ！〉

〈テンポレルには、われわれがいうところの時間は存在しないのだな？〉

〈きみはたいしたものだ。空間士にすぎないというのに〉

〈それはどうも。空間についてはどうだろう？　テンポレルに空間は存在するのか？〉

〈われわれが意味するところの空間はない〉

〈祖先とはだれだ？　きみは祖先のなにを知っている？　わたしが理解するかぎり、きみは太古の昔から存在する。そうした状況で、なぜ祖先について語れるのだ？〉

〈むずかしい質問だな。祖先に関する情報をわたしがすべて得ているとは思わないでくれ。知っているのは、かれらが跳躍のあいだの無時間段階にいることと、謎めいた存在であり、クロノンを生産しているといわれていること〉

〈いわれている？〉

〈おそらく事実だろう〉

〈だが、時間巡回者の祖先とは何者だ？〉

〈時間の世界において、物質の泉に相当する存在……と、いえるだろう〉

〈きみの祖先に興味がわいてきた、ニゼル。どうすればかれらのところに行ける？　だいたい、方法はあるのか？〉

〈ある。ただし、われわれの存在の長さを一兆分の二秒まで短縮する必要がある〉

〈一クロノンより短くか〉

〈そうだ〉

〈正直なところ、あらゆる点できみを信頼するしかなさそうだ。自力ではここから先には進めない〉

〈シュノルム！　なにもきみを驚かすことはできないらしいな〉

〈きみの祖先ならできるかもしれない〉

ニゼルは笑った。おもしろくてたまらないようすで加速しながら、もっとも遠い過去に向かっていることをローダンに伝える。

もっとも遠い過去？　それはそうだ、と、テラナーは思う。時間巡回者は永劫の昔から生きている。祖先に会おうと思ったら、時間の根源にさかのぼるしかあるまい……もしかすると、宇宙誕生の時点まで！

＊

ローダンは時間感覚をすっかり失い、時間巡回者がついに減速したときには、過去への旅がどれくらいつづいたのかわからなくなっていた。数秒だったのか、数日か？　もしかすると数週間または数カ月もつづいたのか？　かれには答えることができなかった。時間という概念は意味を失い、空腹も渇きも疲労も感じない。そもそも、時間が経過したことを伝えるメタボリズムのシグナルがないのだ。

〈これからなにが起こる？〉かれはたずねた。

〈われわれ個人の時間経過を減少させ、最終的にはかなり緩慢にする〉ニゼルが説明する。

〈かなり緩慢に？　ということは、一兆分の二秒か三秒くらいの時間枠に存在するようになるわけか？〉

奇妙に絡んだ時間ラインが消え、ローダンは別世界へ入っていった。さらに異様で人間の精神には理解しがたい世界へ。

祖先の世界だ。

従来の意味での空間や時間はなくなり、ローダンの意識内に概念として存在するにすぎない。

〈目的地に着いた〉ニゼルが合図を送ってくる。

赤みがかった霧がゆっくりと移動し、ローダンはそのなかのどこかを浮遊していた。ニゼルは上昇していったのだろう。方向感覚がなくなり、どちらを向いたらいいのかわからない。〝上〟も〝下〟も存在しないのだ。

その世界は霧で制限されているのに、せまいという感じはない。むしろ無限のひろさを持つように思われた。回転しているようでもあり、静止しているようでもある。非常に非現実的で、位置をつかむ手がかりはまったく存在しない。かれ自身は固有性のない微小な粒子として、不可思議なかたちで生命が詰まった広大な星間雲のなかにいる感じだ。

トルケリグ！

冷静さとおちつきをたもたなければ。この超現実的な世界にきたためにひどく混乱していることを、ニゼルに気づかれてはならない。

頭を悩ませている喫緊《きっきん》の問題の答えを、どうやってここで見つけたらいい？

ニゼルが呼びかけている。メンタル性の声には畏敬の念のようなものが感じられた。

〈時間は経過しているのか？〉ローダンはたずねた。

〈しずかに、空間士。じゃましないでくれ〉

〈そのつもりはない〉

霧の色が変わりはじめた。深紅からほとんど黒に近くなり、前よりもさらに見通しが悪い。

そこに白っぽい霧のしみがあるようだ。ニゼルか？

いや、時間巡回者ではない。祖先のひとりにちがいあるまい。

テラナーがしみだと思ったものが拡散して薄まり、周囲の霧と融和した。

ふいに、なにかが近よってくるのを感じた。防御態勢で身を引きしめ、無意識にメンタル・ブロックを構築しようとする。

はるか上位の存在がおもしろがって、弱き者に対して笑みを浮かべているようだ。

〈だれだ？〉

呼びかけたが返事はない。霧が濃くなっていく。輪になり、自分を包囲するのか？

精神の輪、真の知性の輪が？

探るような指が脳内に入りこみ、情報を抜きとったのを感じる。阻止することはできない。ローダンの精神の目の前でそれまでの人生がうつしだされ、記憶のようによみがえっていく。そのいくつかは流れ去った。

ほかの映像は執拗にとどまって、はらいのけようとしても、はらいのけられない。《スターダスト》の宙航士として、月に向けて出発する前の自分の姿だ。そこでなにが起こるかはわかっている。

シーンはリアルで、フロリダのあたたかい空気を感じるし、レジナルド・ブルの声も聞こえた。仮眠をとっていた有泡マットのクッションから頭を持ちあげたブルの水色の目がこちらを見ている。

「ブリーはどうしました？」エリック・マノリ博士が訊く。「モルモットみたいに眠ってますよ」

「ちくしょう」と、ブル。「一時間前からさめてるぜ。おれのような男には、あの眠り薬も弱すぎるさ」

「そりゃそうだな」ローダンがまじめにうなずく。「きみの忍耐は賞讃に値《あた》いする。われわれのじゃまをすまいと、エジプトのミイラみたいに息をしていたわけか」

「夢をみましたよ」ブルは説明しながらベッドのへりに腰をおろし、そばかすの散った顔を両手でなでた。たしかにすこしも眠そうには見えない。「目がさめた状態で、変な夢をね。炎が宇宙空間を高速で飛び、知性体の住む惑星に衝突するんです。しかも、わたしにはつかのま、あなたが火をつけたように思われた、ペリー」

「わたしが？　ブリー、われわれが向かうのは月であって、ほかの惑星ではないぞ。宇宙にほかの知性体がいるかどうかなど、おそらく知ることはあるまい」

ローダンのちゃかすような口調に同調することなく、ブルはかぶりを振る。

「この計画は、あなたを月から銀河の深みに導きますよ。スタートすれば、あなたはいやがおうでもほかの種族と接触してかれらの運命に影響をおよぼすことになる。そのためにあなたを悪くいうことはだれにもできない。これはあなたの使命なのだから」

「いったいなんの話だ、ブリー？」

「なんの話かわかっているはず。あなたに罪はありません、ペリー。ツーノーザーがみずから招いた結果です」

「ツーノーザー？」

フリープス博士が笑い声をたてた。

「《スターダスト》スタート前から早くも宇宙癇癪《かんしゃく》か。パウンダー将軍に報告したほうがいいかな？」

「やめてください」ブルは弾《はじ》かれたように立ちあがった。「ペリーはわたしのいうことがわかっている」

記憶映像は消えた。

ローダンはテンポレルの黒い霧をじっと見つめる。

ささやき声が聞こえなかったか？　だれかが耳打ちしている？　ニゼルがわたしを助けようとしているのか？　あるいは祖先のひとりが、ツーノーザーはもはや救えないことをわからせようとしている？

そうだ……ほかには考えられない。

つまりツーノーザーに希望はないのだ。

そのとき、霧が消えた。

移行段階なしにいきなり月面装甲車のキャビンに移動した感覚がある。《スターダスト》がテラの衛星にもたらした装甲車だ。目の前で電子制御装置のランプが点滅している。ローダンはスイッチを送信にし、マイクに呼びかけた。

「スターダスト計画指揮官、ペリー・ローダン少佐よりネヴァダ基地管制室へ。応答願います。こちら、スターダスト計画指揮官ペリー・ローダン少佐……」

それは青天の霹靂《へきれき》のようであった。

頭の真上でアンテナがグリーンに燃えあがったのだ。ローダンはあまりのまぶしさに両手で目をかばう。

なんの前触れもなかった。なんの音もしなかった。ひらべったい月面装甲車の上に、揺らめく炎の大きな半球が生じたのである。

そのとき、一モビーが装甲車の上に落下してきた。恐ろしい炎が降りかかり、アンテナが燃え落ちた。

ローダンは身をすくませる。

モビーだと？

ばかな！　記憶にあざむかれているのか？　避けようのないツーノーザーの終焉が驚くべき速さでやってくることを、自分自身にはっきりさせようとしているのか？

かれは恐るべき疑念に襲われた。

まさか、ニゼルは十戒の仲間なのか？

時間巡回者はカッツェンカットの道具で、わたしを精神的に破滅させることを唯一の目的としてやってきたのか？

ニゼルが笑った。

〈ばかなことを考えるんじゃない、ローダン〉

〈それなら、なぜわたしの記憶からこのようなシーンを？　月面装甲車の上に稲妻のように落ちてくるはげしい炎を見せたのは、なぜだ？　ブリーが実際とはぜんぜん違うことを話したシーンは、なんのためだ？〉

ツーノーザー救済は不可能だということを明確にするためのシーンだ、と、ローダンは自分にいう。かれらが島の王たちの犠牲になるところを、わたしは拱手《きょうしゅ》して見守るはめになるのだ。甘受するしかない。ツーノーザーがおかした失敗への罰だという主張は正気の沙汰だが、避けることはできない。

ふいにシーンが変わった。

ローダンは月面にいて、レジナルド・ブルとともに環状山脈のほうを見わたしたところだ。ブリーががっくりと膝をついた。両手でからだを支えたまま、異様な笑い声がマイクを通してヘルメット内蔵送信機から流れる。

ペリー・ローダンはひと言も発しなかった。本能的にものかげにかくれるが、全力をあげて自制につとめた。巨大な宇宙船が一瞬にして火球と化し、エネルギー過負荷状態のモビーと変わらない様相を呈している。この眺めだけで、張りつめた神経に最後の打撃をくわえるのに充分なのであった。

「いや……まさか、そんな……！」ブリーのうめき声が聞こえてきた。

「おちつけ。しっかりしろ！　おちつくんだ、いいか！」

ブルの呼吸音が聞こえたと思うと、アルコン宇宙船が消失した。かわりに、エネルギー過負荷状態のモビーが輝く閃光を発しながら宇宙空間を高速で進み、グリーンの一惑星に接近していくのが見えた。

「島の王たちは強力すぎます、ペリー。変えることはできない。だが、あなたの責任ではありません」

「それでもわたしは変えたい」

「人間の力には限界がある。忘れることとです。時間が傷を癒してくれます」

「問題はそれだ。やっときみにもわかったな。時間だよ！　時間が癒すのはわたしの心の傷ではなく、ツーノーザーの傷ということ。そもそも、その傷が生じるのを、時間が阻止するべきなのだ」

ブルはゆっくりと後退していく。輪郭がぼやけ、やがて黒い霧に沈んだ。

「あなたは無理なことを要求している、ペリー。なぜです？　あなたの責任ではなく、ひとえに島の王たちの罪なのに」

かれの声がしだいに消える。

「そんなのは答えじゃないぞ、ブリー！」

しかし、ブルはもうそこにはいなかった。霧になったのだ。ローダンの声がとどく範囲内には、もはやだれもいなかった。

7

ペリー・ローダンを発見できない状態がつづくにつれ、ウェイリンキンの憎悪はつのる一方だった。同時に、いずれふたたび訪れることになるカッツェンカットに対する恐怖も増していく。

ローダンがほんとうに逃亡することに成功したとしたら、指揮エレメントになんといえばいい？

支援が見つかるかもしれないと思い、誘惑的な呼び声を送る。だが、なにも起こらない。無限に思われる時間シュプールの世界には、かれの問題に関心を持つ者はいないのだろう。

そのとき、付近の時間シュプールに沿ってすばやく進む霧状の姿に気がついた。すぐにローダンが暗闇からあらわれ、霧状のものを追っていく。

アンドロイドは歓喜の叫びをあげたいところだが、聞かれる恐れがあるので自制した。シュプールからシュプールへと乗りうつりながらふたつの姿を追い、やがて適切なシュプールがわかった。ローダンが見つかったのだ。もはや殺すまではなれるものか。テラナーを消すにはどうしたらいいかと思案していると、当の相手は霧とともに消えてしまった。

ぎょっとして急制動をかけ、ローダンと連れが選んだのと同じ時間になんの準備もなく飛びこむ。

ほんの数メートル先に二名はいた。釣り鐘に似た生物がうようよいるホール内の手すりの上に立っている。ホール内の台座に置かれた機械はタイムマシンにちがいない。ローダンたちが興味津々《きょうみしんしん》のようすで見ているのだから。

なにをそんなに重要視しているのだろう、と、十戒の被造物が考えていると、鐘状生物二名がタイムマシンに入っていった。タイムマシンが作動しはじめ、べつの二名が歩みよる。

違う！　二名は同一の生物だ。二重に存在している。

黒い虚無がひろがりはじめ、ローダンと霧は逃げた。ウェイリンキンが決めかねていると、虚無が急速に接近してきたので、ぎょっとして逃げだす。黒い虚無の吸引力を感じた。死にものぐるいで時間シュプールにジャンプしようとしたが、宇宙服の一部がほどけ、周囲のシーンがぼやけて非現実的になっていく。右足に激痛がはしったとき、とうとう一シュプールに乗ることができた。

だが、まだ安全とはいえない。かれは、シュプールのほつれた末端部に向かって進んでいる。その先には虚無しかないのだ。

足を一本失った！　心のなかで叫ぶ。

苦痛と恐怖のために、またしても即決できない。それでも、自分の存在がまもなく終わろうとしていることを悟り、戦いはじめた。内蔵するエネルギーをすべて使って時間シュプールを逆に進む。無限につづくように思われたが、とうとう、まずまず安定したコースに達した。

死んで当然だったのだぞ！　自分を叱りつける。ローダンを消すという思いにとらわれて、やみくもにかれらのあとを追うとは。

カッツェンカットに一度いわれたことが思いだされた。

〝けっして感情に流されないこと。のぼせあがれば、もうそこで負けだ〟

憎悪を抑制しなければ。ローダンの死で満足するようではいけない。感情にまったくとらわれず、相手に向き合うこと。こちらの優位をうまく利用して無用なリスクをすべて回避するためには、それしかない。

疑問が幾度となく頭に浮かぶ。自分があやうく命を落とすところだった危険な領域を、なぜローダンと連れは訪れたのだろう。

わたしを無力化するためでないことはたしかだ。わたしがあとをつけていることを、あっちは知らないのだから。

そのとき、ふいにひらめきが訪れた。この瞬間から、ローダンの進む道がかれの目に完全にはっきりと見えてくる。

対テラナー心理戦が、考えていたよりうまくいっているらしい。ローダンは罪の意識をいだいていて、ツーノーザー救済を試みるつもりなのだ。そこから時間パラドックスの生じるチャンスがある。

とはいえ、非常に高リスクで不首尾の恐れもあるから、早めに急襲するべきだろう。追跡して、相手が襲撃されたことに気づくよりも前にかたづけよう。過去に向かっているということは、明らかにだれかに相談して助言をもらうつもりなのだ。

ウェイリンキンが加速すると、まもなく時間シュプールに沿って移動するローダンと霧が眼前に見えてきた。そうとうな速度で移動している。アンドロイドはまたしても真実をつかんだ。

苦痛をこらえて速度をあげる。これでローダンを見失う心配がないというところまできたとき、足のぐあいを見ることにした。やはり一本しかない。もう一本は黒い虚無の犠牲になったのだ。

ウェイリンキンは笑った。

興奮するほどのことではあるまい。かれは切断部を成形し、からだを支えられるちいさな足をこしらえた。

＊

〈ニゼル……聞こえるか？〉

〈もちろん聞こえる、ローダン。わたしはきみの横にいる〉

テラナーにはその姿が見えないので、相手がほんとうのことをいっているかどうかはわからない。

ただ時間を稼ぎたくて訊いたのだ。

次の瞬間、それがじつに無意味な考えだったことに気づく。ニゼルにとって時間はすこしも重要性を持たないから。かれはいつだって好きなときにとりかかれる。かれにとって時間の経過は主観的なものであって、客観的なものではない。

暗闇のなかを大きな姿が接近してきた。不気味で脅威的なそれはローダンよりはるかに大きく、四本の腕を持つ。半球形の頭には歯が横にならび、目がほのかに赤く光っていた。テラナーは、地面が震動したように感じた。実際には〝地面〟というものはないのだが。

霧が分かれた。

「ローダノス」巨軀が話しかけてきた。「過去でなにをうろちょろしている？」

「自由意志ではないのだ、イホ・トロト」

「もどしてやろうか」

「それは問題ではない。きみにはわかっているはず」

ハルト人は笑い声をとどろかせた。ローダンがおどけたコメントをしたかのように。

「わかった。過去にもどって、きみが宇宙に進出したさいに生じた問題をぜんぶ解決しようってわけだな」

「ぜんぶではない、イホ。ひとつだけだ」

「解決はできまい！　ツーノーザーが実際どうなったか、見なかったのか？　かれらの運命はすでに決まっている。かれらは……自由意志ではなかったにせよ……ある悪い勢力とかかわってしまったのだ。この勢力は、遅かれ早かれ、自分たちの力を確立するための見せしめを必要としただろう。テラナーがアンドロメダにあらわれなければ、ツーノーザーを全滅させるべつの理由を見つけたはず」

「だが、あのときべつの理由はなかった。きみは現実からそれている」

「ローダノス」巨軀の口から発せられたその名前には、やさしさといえそうな響きがある。「ツーノーザーを殺したのはあなたではなく、島の王たちだ。それであなたはかれらを処罰することになる。だが、かれらの最大の悪行を妨げれば、処罰の理由もなくなるではないか？　あなたは歴史に深刻な影響をおよぼそうとしているぞ」

「親切な考えだが、論拠になっていない、友よ。ツーノーザーの死がなくても、島の王は充分に罪をおかしている」

「わたしの表現が悪かったらしいな。わたしがいいたいのは複雑性のことだ」

「よく理解できない」

イホ・トロトはローダンの態度に困りはてたように四本の腕をあげた。足もとに実際に地面があるみたいに数歩横に移動し、じっと静止して思案してからもとの位置にもどる。それから身をかがめて、赤く光る目がローダンの顔から数センチメートルのところにくるまで頭をさげた。

「時間の複雑性だよ。原因と結果のこと、すでに固定された時間シュプールのことだ。ツーノーザーをどうするつもりだ？　この種族は、あなたのいるＮＧＺ四二七年の時点には存在しないというのに」

「わかっている」

「あなたが救済すれば、ツーノーザー種族はＮＧＺ四二七年に存在することになる」

「うむ……それで？」

「ツーノーザーにもそれぞれ個性がある。かれらが故郷惑星にとどまったまま、ＮＧＺ四二七年やその前の年月の出来ごとに影響をおよぼす行為をなにもしないなどと、思っているのではあるまいな？　それらすべてが歴史を変えることになる」

「それについては考慮する必要がありそうだ」

トロトは大声で笑った。

「そうすることだ、友よ。場合によってはみずから墓穴を掘ることになるぞ。ともかくツーノーザーを救済できたとして、千六百年が経過するうちに……どんな理由があるにせよ……あなたの首をへし折ろうとするグループが形成されたらどうする？」

「それはない。NGZ四二七年またはそれ以前にツーノーザーの手でわたしが殺されたら、西暦二四〇二年にもどってツーノーザーを救うことはできないから。わかるか？」

「ずっと前からわかっている、ローダノス。わからないのはあなたのほうだ！　複雑性に気をつけろといったのは、そのことなんだ。あなたが描写したのは一例で、まったくそのとおり。あなたがかれらを救済しなければ、かれらはあなたを殺せない。かれらがあなたを殺せば、あなたはかれらを救済できない。複雑性が理解できたか？　時間パラドックスの前提となるものを、いまあなたはつくりだそうとしている」

「ツーノーザーの時間シュプールは西暦二四〇二年でぷっつりと終わっている。交差接続は存在しない」

「だが、かれらが死ななければ、交差接続が生じる。かれらの時間シュプールが、虚無ではなくほかの時間シュプールのさなかでつづいていくことになり、それらと結びつくのだ」

ローダンはなにもいわない。トロトの意見が正しいことはわかった。この危険についてはそれまで考えていなかったが、おちついて慎重に考慮する必要がある。ツーノーザー種族が住むアンドロ・ベータ星雲は、人類の住む銀河系から遠くはなれている。千六百年のあいだにほとんど接触はあるまい……が、いくつかはあるかもしれない。

イホ・トロトは無言でこちらを見ている。だが、かれがなにを考えているか、ローダンにはわかった。時がたつうちに、アンドロ・ベータにべつの種族があらわれる。たとえばテフローダーだ。かれらに対し、ツーノーザーはどのように行動するか？ 二種族間に紛争が生じるのは避けられないのではないか？ ツーノーザーを破滅から救わなければ生じなかったはずの紛争が？

イホ・トロトの笑い声がとどろく。だが、勝ち誇った感じではなく、同情のこもった声だった。

「あなたにはこの問題を解決できない」と、いいながら、テンポレルの黒い霧にゆっくりとしりぞく。「ツーノーザーをジェノサイドから守ることは許されないのだ」

いや、方法はある。

きっとあるはず！

ハルト人の姿は霧に沈んで見えなくなった。ローダンは大声でもうひとつ質問したが、答えは得られなかった。

シーンがいきなり変わる。

息苦しかった。月面に漂着したアルコン宇宙船に接近していくところだ。ならんで歩くレジナルド・ブルとかれの前に、大型宇宙船が見わたせない山のようにそびえている。またしてもキャリアのはじまりにきたらしい。トーラとクレストの乗る宇宙船だ。これにより、ローダンにとって宇宙への門が開かれたのだった。

だれかの笑い声。

ニゼルか？

「聞きましたか？」ブリーがたずねた。「何者かわれわれの波長に乗ってやがる。ちくしょうめ！」

「なんだと思ってたんだ？」ローダンが応じる。「もちろん、連中は聞いてるさ。このお粗末なヘルメット通信機を破壊しなかったのは、連中の知性のしるしだよ。この装置じゃ地球までとどかないことは、ちゃんとご承知なんだ」

「どうも気にくいませんなあ、まぬけなヤギみたいにあの船に入っていくのは」

「気があったらついてこい」

ふたりが着陸脚のそばまでくると、ぎらぎらと照りつける陽光のなかに、いきなり華《きゃ》奢《しゃ》な姿が出てきた。

ローダンは足をとめる。

「だれだ?」ブリーが息をのむ。「あいつ、肩の上にしゃれこうべを乗っけてやがる。宇宙服なしで宇宙空間に存在できるのか。生ける死体ってところだな」

ローダンが横に目を向けると、ブリーはいなくなっていた。友の足跡は月の埃のなかにあり、そこで終わっているが、姿はない。虚無のなかに霧消した感じだった。

「ずいぶん待たされた。長すぎたぞ」

そうウェイリンキンはいい、前に数歩進んだ。右足が左足よりずっとちいさいことに、ローダンは気がついた。

「どうやってここにきた、ウェイリンキン? 望みはなんだ?」

「ツーノーザーへの仕打ちであんたを罰しにきた」

「わたしはいま、ツーノーザー種族の全滅を阻止しようとしているところだ」

十戒の被造物は歯をむきだして笑った。声をたてないその笑いは、よけいに不気味な感じがある。アンドロイドがローダンに接近すると、不ぞろいな足もとで埃が舞いあがった。

これは幻覚だ! ローダンは考える。実際にここにいるわけではないから、わたしに対してなんの手出しもできまい。

そのとき、叫び声が響いた。

〈逃げろ!〉

ウェイリンキンに対する強い恐怖を感じて警告してきたのは、ニゼルの声だった。

〈やつはきみを殺すつもりだ。ここから消えないと、ほんとうに殺されるぞ〉

どうするべきか、ローダンにはわからなかった。丸腰なので、アンドロイドに立ちむかう手段がない。ウェイリンキンが大ヘビと野生の肉食獣を相手に戦うのを見たことがある。どちらもウェイリンキンよりはるかに強そうだったが、かれはすばやく外形を変化させて応戦した。ヘビの牙《きば》にもびくともしない手や、斑点のある野獣を殺す武器となる鉤爪を形成したのだ。

ローダンは後退する。

「それはカッツェンカットの意向ではない。ひとつでもへまをすれば、きみはあっというまにボスから消されるだろう」

「任務をまっとうしているだけだ」アンドロイドが応じた。「最終プログラムは、あんたを殺すようわたしに命じている。クロノフォシル・アンドロメダを活性化できないように」

ローダンは身をあちこちに動かし、大きく跳躍して掩体《えんたい》を探した。太陽はうしろにある。自分の影が先にジャンプしたあと、その横に第二の影があらわれる。ウェイリンキンのものだ。それはしだいに接近し、跳躍のたびに大きくなっていく。ウェイリンキンの影を見ると、ウェイリンキンの両手が鉤爪に変形したのがわかった。致命的な打撃をくわえるべく、両腕を高く振りあげている。

逃げる方法はひとつしかない。

そう気づいたとき、ニゼルからインパルスを受けとった。そこでテンポレルをはなれ、はるか未来からここまでたどってきた時間シュプールに跳びうつる。

速度をあげ、シュプールに沿って高速で移動していく。

宇宙服はもう着用していない。《バジス》から拉致《らち》されたとき身につけていた服装になっていた。

肩ごしにうしろを振りかえる。

ウェイリンキンの姿が時間シュプールからたちまち高くそびえた。

ローダンはシュプールを乗り換え、全力で加速する。このような敵に対しては逃げるしかない。勝つ見こみがないから、戦いに持ちこむわけにはいかないのだ。

〈もっと加速しろ！　だんぜん速く。やつが追いつくぞ〉

ウェイリンキンが笑った。

〈努力するんだ、ローダン。ほら。終わりはそこだ。ぐずぐずするな〉

アンドロイドは不安をもよおさせるほどの速度で迫ってくる。不死者はせめて同じ距離をたもとうとつとめたが、距離はちぢまっていく。

ほかに方法はない。べつのシュプールにうつらなければ。かれは瞬間的に急減速した。

すると、不格好な動物の引く木製の荷車の数センチメートル上に浮遊していた。動物は一・五メートルの間隔でならぶ大きな胴体ふたつを持つ。それらは直径三十センチメートル以上ある半円形の弓三本で結ばれていた。脚は各胴体の外側に二本、内側に一本。六脚歩行のため、バランスのとれた揺れるような動きだ。

箱形の荷車の上にいるのは瘦《や》せこけた生物で、かさかさと音をたてる無数の鱗が集まってできているような外観がある。腕や脚は見わけられない。

ローダンは周囲を見まわした。自分はどうやら荷車のシュプールをキャッチし、そこにとどまったらしい。ウェイリンキンは平行したシュプールを選んでいる。霧状の構造物となっており……そのなかにヒューマノイドの輪郭が見えた……すぐ横に興奮したダチョウがいる。

荷車が農道に入ったとき、ローダンはアンドロイドを見失った。鱗を持つ生物が積んだ木材のうしろからよろよろと出てきて、鋭い悲鳴をあげる。からだをおおう鱗の下から触腕を出してローダンを指さすと、荷車の上をおろおろと歩きまわった。

「すまんな、友よ。幽霊として恐がらせる気はまったくなかったのだ。お化けを見たと子供たちに話してやってくれ」

そういってからローダンはそこをはなれて時間シュプールにもどり、全力で加速した。いずれかならずウェイリンキンが出現する場所からできるだけ遠ざかるために。あとは迅速かつ巧妙に立ちまわれば、アンドロイドから逃げきれると、ふたたび確信していた。べつのシュプールにうつり、時間ラインがとくに密集して入り乱れたところに向かう。このなかに潜伏すれば、ウェイリンキンの裏をかくことができるかもしれない。

〈なかなかだな、ローダン〉心中に声が響く。〈もうすこしで出しぬけると思ったのだろう。だが、むだなことだ。わたしを振り切ることはできないぞ〉

十戒の被造物はかなり遠くにいるが、しだいに接近してくる。

ローダンは必死になって考えた。

解決策はあるはず。

どのシュプールがどの人物または物体のものなのか、わかりさえすればいいのだが。

ローダンの思考を推察したらしく、ウェイリンキンは挑戦的に笑った。

〈この次は木のシュプールをキャッチすることだ。わたしは斧になって、切り刻んでやるさ！〉

ローダンは入り組んだシュプールの奥深くに入っていく。チャンスとなるシュプールが見つかることを願って。

ウェイリンキンはすでに恐ろしいほど接近している。ローダンは決断を迫られた。あるシュプールをキャッチすると、時間の経過を遅らせて、嵐の吹きすさぶ陰湿な世界に行きつく。最初に受けた印象は、無制御の力が襲いかかってきて左右に投げ飛ばされるのではないかというものだった。思わず両腕をさしのべて、どこかにつかまろうとする。

するとと、高波と戦う小舟に乗っていることに気がついた。泡だつしぶきがデッキに吹きあがっては流れ去る。手すりのそばに昆虫生命体が複数立ち、衣服を風にはためかせながら、銛《もり》を魚に突き刺していた。小舟のすぐそばの水から数匹の魚がはねあがる。射手に標的を提供しているのか、ぜったいに当たらないと確信しているのか。

ローダンは一匹の魚の横にアンドロイドを発見した。泡だつ波にもぐっては、魚といっしょにジャンプをくりかえしている。魚とその動きに拘束されているため、波と水にじゃまされて、こちらが見えないらしい。

ローダンは一昆虫生命体に接近した。体長三メートル、背丈一メートル半、ずんぐりとしたムカデのような姿だ。防水衣から脚だけが突きでている。銛をかまえ、ウェイリンキンがそのシュプールをキャッチした魚を狙っていた。テラナーは射手の肩ごしに腕を伸ばして、銛をわずかに横にずらす。銛は音をたてて飛び、ウェイリンキンのからだに命中した。だが、貫通することはない。

射手が大声でわめきながら振りかえる。四個の複眼にしぶきが当たるのを、ローダンは見た。

「わたしを舟の精霊とでも思っているらしいな」かれは笑った。

べつの昆虫生命体が銛を向けてきたので、ローダンはこの世界から消えるほかなかった。

今回はアンドロイドのほうが迅速で、先まわりして時間シュプールで待っていた。ローダンに向かって突進し、腕を振りあげると、両こぶしで殴りかかってくる。ローダンはまったく太刀打《たちう》ちできない力で投げ飛ばされた。胸に耐えがたい痛みを感じ、頭がくらくらする。

〈おろか者め!〉アンドロイドがどなりつけた。〈わたしより強いなどとは、思わんだろうな?〉

その声には怒りと失望が反映していた。

ウェイリンキンは予想以上の打撃を受けたらしく、怒り狂っている。

銛の一撃であやうく負傷するところだったのだろう、と、テラナーは察した。アンドロイドが身体構造を転換したのは海が体力を消耗させるからであって、こちらからの攻撃にそなえてではなかったらしい。

ローダンは細胞活性装置の強いインパルスを感じる。胸の痛みはおさまった。ある時間シュプールに乗りこむと、ウェイリンキンが追ってきた。そのからだは大きくなったようだ。

〈ツーノーザーとあんたを時間パラドックスに巻きこもうと考えていたが〉ウェイリンキンがメンタル性の声で語りかけてきた。憎悪インパルスをともなう思考だ。〈そいつ

はやめて、あんたを殺すことにした。これでローダンは全時間において宇宙から抹消される〉

不死者は、あるシーンに沿って進んだ。時間を稼ぐためで、それ以外の可能性はない。絡み合うシュプールのなかではアンドロイドの力が強すぎるのだ。

最初はよく見えなかったが、夜空に星がいくつか光り、雲が流れていく。木の葉《こ は》のざわめきが聞こえてきた。

ウェイリンキンとはじめていっしょにいた世界にもどってきたように思われた。そこでは、薄明までやむなく待ってからウェイリンキンと戦い、相手の力がはるかにこちらを凌駕しているのを見せつけられたのだった。

茂みのなかを音もなく移動していく。すぐ横に、がっしりしているけれども柔軟そうなだれかのからだがあった。

周囲を見まわす。ウェイリンキンが追ってきて、そのあたりにいることは確信していた。だが、なにも見えない。

そのかわりになじみのある声が聞こえ、森の暗闇を通して赤い目がふたつ、見えてきた。

アトランだ！

「ハロー、蛮人！」

「ハロー、アルコンの族長！」

「道を間違えたようだな、友よ。きみは幻を追っている。きみが罪の意識に駆られてしていることは達成不可能だと、なぜわかろうとしない？」

「罪の意識ではありません、アルコン人。ただツーノーザーを救済するチャンスを見ているだけで」

「そのチャンスが時間パラドックスを引き起こすことはわかっているはずだ。かれらの運命をなにかしら変化させれば、NGZ四二七年現在にもかならず影響する」

「わかっています。それでも、方法はあるはず」

「なぜそれほど頑固になる、蛮人？」

「頑固ですと、アルコンの族長？　ツーノーザーを全滅から救いたいだけなのに？」

「時間をもどすことは、だれにもできんよ。きみにもな」

「そこに誤りがあります、アトラン。時間をもどすと考えてはいけない。先に進めるのです」

「理解しかねるな、蛮人」

「時間を跳びこえる方法があるはず。ツーノーザー全員を西暦二四〇二年からNGZ四二七年にうつせば、パラドックスは生じません」

アトランは即答せず、暗闇から姿をあらわした。ローダンには見えない光源から発する光に、全身が照らされている。

「そのとおりだ、蛮人」やがて、かれはいった。「交差接続もリンクもなく二四〇二年にとぎれている時間シュプールなら、すんなりとわれわれの時代から存続できるだろう」

「やっとわかってくれましたか」

「とはいえ……理論上の可能性以上のものではない。確信はあるのか？」

「ありますとも」

「たとえペリー・ローダンでも、死者を生きかえらせることはできない」

「一理あることは認めましょう。それに目下のところ、自分の命を守るためにすることがたくさんある。ウェイリンキンに追われていて、どうすればまくことができるか、わからないのです」

「残念ながらわたしにはなにもしてやれない、蛮人よ」

アトランが片手をあげて別れの合図をすると、その姿は暗闇につつまれた。ぼんやりとした輪郭が森を背景に見えただけだった。

「まだ行かないでください、アルコンの族長！」

「すまんな、蛮人。できればのこりたいのだが、ほかにいうべきことはないし、手助けもできない。名案を見つけてウェイリンキンをまくことだ。やつに見つけだされてはならない」

輪郭は暗がりに溶けて見えなくなった。遠ざかるアルコン人の足もとで木の葉がかさかさ音をたてるのが、ローダンの耳に聞こえた。

ウェイリンキンはどこだろう？　わたしの跡を見失ったのか？　どこかにかくれて最後の決定打をくわえる機会を待っているのか？

ローダンは地面にしゃがむ。

いま自分はなんの時間シュプールとリンクしている？　木か？　この場を動けないということは、静物のシュプールを選んだわけだ。

では、ウェイリンキンは？

すこし明るくなった空にその姿が見えればと願ったが、アンドロイドのほうは姿を見せるつもりはないらしい。ローダンは待った。やがて、メンタル性の声が聞こえてきた。

〈ゲームは終わったぞ、テラナー。いまやツーノーザーと同じ道をたどっている。あんたがかれらにしたように火でかたづけたいところだが、ここでは不可能だ〉

ローダンは声を出さずにじっとしている。自分の居場所を知らないアンドロイドが、かくれ場からおびきだそうとしているだけだと確信したから。

「これは罠だ、ペリー！」

ローダンの身がぴくりと動く。

予想外だったが、声の主はすぐにわかった。最後に耳にしたのは二千年も前なのに、耳の奥に焼きついて二度と忘れられない声。

「クレスト!」

「ああ、わたしだ、ペリー」

「きてくれてうれしい」

「きみに話がある、ペリー。キャッチしたシュプールからはなれてテンポレルにもどることだ。あそこしかチャンスはない」

「ウェイリンキンがすぐそばにいるのに?」

「やつのことはいい。問題はツーノーザーだ」

ローダンは電撃を受けたように立ちあがった。

「ツーノーザー? わたしの想定する可能性を実現させられるのですか?」

「わからない、ペリー。だが、ツーノーザーを救うチャンスがそもそもあるとすれば、テンポレルだけだろう」

「クレスト、わたしは……」

老アルコン人はもはやそばにいないとローダンは感じた。これ以上呼びかけても意味はあるまい。

わきで木の葉のすれあう音。振り向くと、猛獣の目が光っていた。そのうしろに、霧状のものが見えなかったか？

けだものは吠えて飛びかかってきた。

選択の余地はない。ローダンが時間シュプールに逃避すると、同時にウェイリンキンが目の前にあらわれた。即座にテンポレルに向かうかれのすぐうしろから、アンドロイドが追ってくる。

途中で乗り換えるたび、ふたりの距離はちぢまっていく。もっと大きくリードしなければ、まくことはできないだろう。そのためには時間シュプールのどれかをキャッチして一生物にリンクし、トリックを使ってウェイリンキンを撃退する必要がある。ほかの世界へ潜入するさいのリスクは大きくなる一方だが、これ以外の逃げ道はない。

ローダンは時間シュプールを乗り換え、大きく減速した。意表をつかれたウェイリンキンは、かれを追いこしていく。こうして、わずかだが必要なリードが得られた。

頭上を轟音が通過していく。

かれはカートの上に立ち、黄色く光る車輛に引かれてひろい発着場を移動しているところだった。昔テラで使われていたような有翼ジェット機が空に飛びたっていく。

そこは空港だった。低空に位置するおぼろげな恒星から察するに、まだ早朝らしいが、活発な営みがおこなわれている。鳥類に似た脚の長い生物たちが敷地内をあちこち移動していた。

ローダンは、ウェイリンキンにすぐに見つからないようカートの荷物のあいだに身を沈めた。予測にたがわずアンドロイドも追ってきて、やはり一車輛の時間シュプールにリンクしたらしい。だが、車輛は発着場に入らず、ターミナルビルに駐車した。ローダンには、スーツケース二個のあいだから敵が見えた。いくらもしないうちに位置を知られるだろう。シュプールを交換しなければ。時間経過を加速し、べつの時間シュプールに跳びうつる。間一髪だった！　アンドロイドもあらわれたのだ。

ローダンは、こんどはバスを選ぶ。五十名ほどを飛行機まで運んできたところだ。乗客たちは表情豊かで聡明な目を持つ大型の生物で、細長い嘴の下部にさまざまな色彩の水滴形形成物が垂れさがっている。メタリックブルーのきらめく羽毛、切断されたような短い翼。その先端にある華奢な手がしじゅう動いていた。鳥型生物は指のサインによって意思疎通をはかっているのだろう。ほんのときたま、内容を強調するために、かあかあと鳴き声をたてる。

バスが飛行機の手前でとまった。ローダンは、目につかないよう車輛後部の壁に身をよせる。鳥型生物がバスを降りて機に搭乗するようすに注意を向けていたため、猛スピードで接近してくるタンクローリーに気づいたときには、すでに距離五メートルを切っていた。運転手はハンドルにおおいかぶさっている。失神しているか、死んでいるかのどちらかだろう。

運転席の横に霧状のものがいる。ウェイリンキンだ！

ローダンはまさに間一髪のところで時間シュプールにもどり、すぐにべつの、もっと太いシュプールに乗り換える。

こんどは動きだした飛行機の後部ウィングの上に立っていた。とっさに気流に対して身がまえる。吹き落とされることはありえないのだが。百メートルとはなれていない場所でタンクローリーがバスに衝突した。両車輛はたがいにくいこみ、弾け飛ぶガラスや破片が乗客たちに当たる。タンクローリーが爆発して火の手が瞬時にひろがり、多数の鳥型生物と飛行機が火につつまれた。

ローダンは恐ろしい光景に震撼《しんかん》し、後部ウィングにつかまる。

またしてもすんでのところで十戒の被造物から逃れたわけだ。今回はまさに一瞬の差もないほどだった。

ウェイリンキンが適時に脱出したことはまちがいあるまい。そして、かれはあきらめない。わたしをかたづけるまでやめないだろう。

発着場に目を向ける。急上昇する飛行機から、アンドロイドの攻撃が空港に大惨事を引き起こしたことが見てとれた。待機中の飛行機に火が燃えうつり、高温の影響で機内の燃料タンクも爆発したのだ。巨大な火炎があがった。

周到な予防策があるにもかかわらず事故が起こった理由は、のちの謎となるだろう。タンクローリー運転手が制御を失ったことが突きとめられたとしても、大惨事の真の理由は専門家にも解明できまい。十戒の被造物がこれほどまでのカオスを引き起こしたなど、知りようがないのだから。

ウェイリンキンが飛行機前部にあるコクピットの上にいるのを、ローダンは発見した。

〈あぶないところだったな、ローダン!〉アンドロイドが笑う。

〈しなくてもいいことを〉テラナーは激怒する。〈なぜわたしを殺すために関係のない者たちを殺害する? そのような犯罪をおかすよりましなことは思いつかないのか?〉

ウェイリンキンは、ふたたび笑った。

〈犯罪だと? どうでもいい〉

〈鳥型生物には重要なことだ〉

〈どこでも好きなところにとどまればいい、ローダン。飛行機のなかにいる鳥型生物を救いたいなら、わたしがくるまで待つんだな。あんたの首をねじってやるさ〉

〈目標を達成することは、きみにはできない。これ以上、殺害はさせない〉

〈あんたは無力だし、もう終わりだ〉

そこでウェイリンキンは思考をブロックした。ローダンには、相手が細心の注意をはらって自分を観察していることしかわからない。

かれの望みは、わたしが時間シュプールにもどることだ。わたしが先に動けば、そのあとを追って不意を襲うつもりだろう。

ローダンはアンドロイドから目をはなさずに、どうすれば敵をまくことができるかと必死で考えをめぐらせた。計画なしに時間シュプールにもどれば殺されかねないことはわかっている。

相手を死に導くシュプールを事前に選ぶ必要がある。それが最後のチャンスだ。アンドロイドはすでにかなり間隔を詰めている。これ以上接近されたらやられてしまう。

飛行機は時速五百キロメートルで飛んでいるが、時間シュプールの観点からは無意味だ。なぜなら、時間のなかでは、埃の粒や機内にいる鳥型生物のシュプールより速いわけではないから。つまり、シュプールを換えてもリードはとれない。

それでもなお、可能性はあるはずだ！

〈さて、ローダン？　なにを待っている？　わたしからそっちに行こうか？〉十戒の被造物が嘲笑する。〈あんたが立っているウィングの時間シュプールをキャッチしようか？　そうすれば、すぐにそっちに着くぞ〉

ローダンは答えない。

〈機長とか、マシンの操縦システムのシュプールに乗る手もある。飛行機を墜落させることもできる。ちょっとした火花で爆発させれば、あんたも終わりだ〉

ウェイリンキンと同様の考え方をすれば、相手を負かせるだろう、と、テラナーは心のなかでいう。時間シュプールがわたしにあたえる可能性を利用しなくては。クロニマルのエネルギーも体内にのこっているはずだから、これも使える。そうするしかない。ほかに選択肢はない。

ただひとつ確実にいえるのは、自分が時間シュプールにもどれば、相手は即座に追ってくるだろうということ。瞬時もためらわずに。

はるか下方でなにかがきらりと光った。

反射的に下を見る。飛行機は高度七千メートルで一都市の上空を通過しており、日光が家屋の窓に反射していた。これだ！

それは、ほぼ廃屋からなる都市で、住民に見捨てられたらしい。

チャンス到来とみなしたローダンは、躊躇《ちゅうちょ》なく行動に出た。

時間シュプールにもどると、一瞬の差でウェイリンキンがあらわれた。すぐさま一光子のきわめて細いシュプールにうつり、体内の総エネルギーを使って待つ。

一光子にリンクし、建物のきらめくガラス窓に向かって、信じられないほどの速度で突進した。

心の準備をしていたので、即座にシュプールをはなれることができる。

だが、ウェイリンキンにはその準備がなく、トリックに気がついたときにはすでに遅かった。

十戒の被造物は、リンクしていた一光子のシュプールとともに急降下した。まぶしい光がなんなのかを知るより先に、そのままの勢いで建物に激突。体内にのこる最後のクロノンを消費して体構造を転換し、惑星の地面をうがつと、内部に向かって貫通していく。かれは意識を失った。

*

ウェイリンキンが追ってこないことを確認すると、ローダンはふたたびテンポレルに向かった。十戒の被造物は爆弾のように激突してかなりの破壊をもたらしたが、人的被害はなかった。

ペリー・ローダンはまたしてもアルコン宇宙船の前に立っていた。かすかに輝く搬送ベルトに乗って船底エアロックに向かう。当時、レジナルド・ブルとしたように。

エアロックが背後で閉じたとき、宇宙服を着用していないことに気がついた。現実と架空の境界はどこか？　これは実際の体験なのか、それとも幻覚なのか？

それは不明で、知る手段もかれにはない。

反重力シャフトで司令室に向かって上昇する。どのようなシーンが待っているのか、気になるところだ。鼓動が速まる。当時《スターダスト》で月に航行したときとすべて同じだとすると、トーラとクレストに出会うことになる。

老アルコン人の言葉がおのずと思い浮かぶ。

〝ツーノーザーを救うチャンスがそもそもあるとすれば、テンポレルだけだろう〟

シャフト最上部に到達した。ここから数歩で司令室につく。入口に歩みよると、自動的にハッチがスライドした。

司令室は無人だった。

トーラはおらず、クレストや当時司令室にいたアルコン人船員の姿も見あたらない。かれはたったひとりだった。武器棚からコンビ銃をとり、ベルトのホルスターにさしこむ。

「おい、どうした?」大声で呼びかける。「だれか、聞こえるか?」

〈どなる必要はない〉ニゼルのメンタル性の声が応じた。〈このやり方で理解できる〉

ローダンは周囲を見まわしたが、時間巡回者の姿は見えない。不可視の状態らしい。

〈ニゼル、教えてほしい。わたしにツーノーザーを救うことはできるのか〉

主スクリーンが明るくなり、文字があらわれた。〝すべてが流れている場所に新しい時間シュプールをつけよ〟と、書いてある。

〈これが祖先の言葉だ〉と、時間巡回者。

〈その意味は?〉

〈わたしには推測するしかない、ローダン。おそらく、ツーノーザーを物理的な死の一ミリ秒前に、限界時間に連れていけということだろう〉

〈わたしの時間でいうNGZ四二七年にか〉

〈そうだ。そうすればツーノーザー潰滅後、歴史的展開に対していかなる性質の影響も生じないし、きみの現在時間も実際の現在になる。歴史のあらゆる変化を危険な行為にするような時間シュプールの交差接続は、未来に存在しない。ツーノーザーを救える者がいるとすれば、われわれ時間巡回者だけだ〉

〈そうであるなら、手を貸してくれ、ニゼル。かれらを救ってほしい〉

〈やってみる、ローダン。ただし、ひとつ交換条件がある〉

〈わかった。なにをすればいい?〉

〈クロニマルをこちらにゆだねること〉

〈わたしの手もとにはない。カッツェンカットが握っている〉

〈それはわかっている。きみはクロニマルの権利を要求してはいけない〉

〈そのとおりにしよう。きみにゆだねる〉

〈クロニマルは抑圧された時間巡回者にちがいあるまい。わたしはかれらを空間世界から解放してやるつもりだ〉

ニゼルの希望がどのようにして満たされるのか、かれが夢見者の道具でなにをするつもりなのか、ローダンにはわからない。それでも、ニゼルのもとめる交換条件に応じる、と、もう一度念を押した。

〈よし、ローダン。では、行こう。いっしょにきてくれ。テンポレルをはなれる〉

〈どこに連れていくつもりだ？〉

ニゼルは笑った。

〈好奇心が強いな、友よ。だが、知っておくべきだろう。時間巡回者の会合地さ〉

〈時間巡回者の会合地？〉

ニゼルはまた笑った。

〈そこは宇宙のはじまりにある……〝ビッグバン〟の一秒前だ〉

＊

ウェイリンキンは、敗北から回復するのに長い時間を要した。ローダンに逃げられたことはわかっていた。つまり、きた場所にもどるほかに方法はない……《理性の優位》へ。

怒りに震えるカッツェンカットに、失敗を認めるしかなかった。

こうして夢見者は、おのれの計画が挫折しかかっていることを知った。かれにとり、時間巡回者は予測不能な要素だったのだ。

ツーノーザー救出作戦

H・G・エーヴェルス

1　時間のはじまり

　ペリー・ローダンはあらゆる感覚を通して、自分とニゼルが時間のはじまりの直前にいることを感じた。これまでの自分の人生で起こった出来ごとなど影もかたちもなく、現実のかすかな気配すら存在しない、はるかかなた。

　個々の生物や種族の運命が非現実的な芝居のシーンのように進行する時間シュプールが絡み合い、あふれかえっている上方を、時間巡回者とローダンは過去の広野に向かってますます深く降下していく。宇宙は、恒星や惑星や銀河や水素の霧から逆の発展をたどり、どぎつい光をはなちながらもしだいにぼやけていく、もやのようなにかに変化した。そのなかに、はるかな未来には生命と知性がそこらじゅうに脈動することになる大宇宙の構成要素すべてが凝集しているのだ。

　狂気の沙汰！　それが、テラナーの頭に浮かんだ言葉だった。これまでつねに、進化の活動はかならず一方向、つまり過去から未来に流れる大いなるものと受けとめられてきた。なのに、その固定された秩序がいきなりさかさまになったのだ。狂気の沙汰と思われて当然だろう。

恐怖に襲われて、降下をとめたいと願うのも無理はない。だが、それは不可能だった。どぎつい光は際限なく内破をくりかえし……やがて、宇宙が消えた。

自分はともに消えなかったことにローダンが気づいたのは、しばらくしてからだった。また、さらに時間がたってから悟ったのは、あらゆるものをつつみこむ暗黒のなかで無気力に眠っているのでもないということだ。プロト・ジェネシス……創世の前段階というのはそういう状態だと、かつては想像していたのだが。そこはクレバスや山峡が縦横にはしる景観で、壮麗なかたちや色の現象がたえず変化している。

「これらは原物質だ」横に立つニゼルが説明した。「不気味な印象を受けるだろうが、危険はない。でも、硬直世界のなかに存在するのは、これだけではないぞ。サイバノに注意しなければ」

テラナーは多彩色にきらめく弾性物質の上で両腕をひろげてバランスをとりながら、案内者のほうに向きなおる。思わず目を見開いた。ニゼルはそれまでのように亡霊めいた霧状の姿ではなく、ヒューマノイドに近い外見の物質的に安定したからだを持っている。それに、メンタル・コミュニケーションではなく、音声を使って話しかけてきた。

しかし、そのような副次的なことがらにかまってはいられない。ローダンは外側のバランスだけでなく、内面のバランスとも格闘していたから。

すみやかに状況を把握するため、かれはすでに聞いたことのある概念をきっかけにした。たとえば〝硬直世界〟という言葉だ。ビッグバンに向かう前、ニゼルは次のように説明した。時間巡回者は慣例的に、時間にしてビッグバンの一秒前にあたる硬直世界に集合するのだ、と。硬直世界と呼ばれるのは、そこでは時間が流れないからだという。

自分の認識能力が受けるイメージはそれとは違っているが、説明を探してあれこれ考えたりせず、新しい概念にとりくもう。ニゼルはサイバノのことをいっていた。サイバノに注意しなければ、と。

しかし、時間巡回者と奇妙な原物質のほかにはなにも見えないので、まずローダンはなじみのあるものととりくむことにした。宇宙服装備センサーの表示に目をやる。カッツェンカットとウェイリンキンからあたえられた宇宙服はセラン防護服とよく似ているが、驚いたことに、表示された数値はなんの意味もなさない。いまいる場所が、もとの宇宙といっさい関連性を持たないことをしめす、最初の具体的な手がかりだ。グラヴォ・パックのスイッチを入れてみる。思ったとおり、作動しない。

「サイバノとは?」ニゼルに質問した。宇宙服の耐圧ヘルメットを開いているため、ヘルメット通信機のよくわからない機能にたよらなくてすむ。

ニゼルは答えるかわりにいきなり弾《はじ》かれたように前進し、ローダンはいっしょに引っ張られて地面に伏せた。抵抗せずにいると、周囲からとどろくような騒音が聞こえてくる。危険が迫っているらしい。横たわったまま、上下左右に揺れている地面に支えを探す。強い危機感にもかかわらず、不吉な物音の原因を突きとめるために頭を持ちあげてみた。

かれは仰天した。真横に鉛のようなグレイの多孔質の壁がそびえ、その下方では多数の無限軌道が回転してうなり音と粉砕音をたてている。下敷きになる、と思ったが、真横だと思われたのは物体が異様に大きいために生じた目の錯覚だった。

驚愕の数秒間が過ぎると、構造物のさらに大きな部分が把握できた。要塞と装甲車輛のかけあわせといった感じだが、規模は一居住ブロックほどある。上のほうは金属の壁で隔てられ、その上につねに回転するドームがあり、漏斗《ろうと》形の開口部からはえたいのしれない物体が射出されて……というより、吐きだされている。

顔の前の地面になにかが投げだされたので、ローダンは身をさらに低くして、慎重に頭を持ちあげてみた。一種のロボットらしい。変形したアルマダ作業工に似たところがある。反射的にベルトのホルスターにさしたブラスターに触れた。さかんに振りまわされる金属アームの標的が自分だと思ったから。だが、よく見ると、自分のこともほかのもののことも攻撃していない。むしろ、ロボットじたいが急速に個々のパーツに分解されていく。まもなく埃《ほこり》の粒の大きさの物体になった。

ローダンは注意をふたたび〝要塞〟に向けた。そのなかから、大きな機械のたてる荒々しい轟音《ごうおん》が聞こえてくる。無限軌道の動きが速まり、巨大構造物はしだいにはなれていった。すると、第二の巨大構造物が視界にあらわれた。最初のよりやや大きく、そのためコンパクトではないが、細分化されている印象が強い。赤褐色の表面に、何百もの銀色に輝く金属物体が這うように移動している。かたちこそさまざまだが、すべてロボットらしい。無秩序にあちこち移動しているように見えたが、そうではなかった。第一の要塞から吐きだされたロボットに突進して文字どおり八つ裂きにしては、またばらばらになって次の攻撃を待っているのだ。

「これがサイバノだよ」〝要塞〟がふたつともはなれていくと、ニゼルはいった。「先行宇宙の、高度に発達した生命形態の残存物だ。たがいをばらばらに分解して利用しつくしている」

もっとよく見ようと、ローダンは身を起こしたが、あわてて頭を引っこめた。第一要塞から発射され目標をはずしたロボットが、シャワーのようにかれとニゼルの上を飛びすぎていく。どうやら精度が落ちたらしい。かわりに第二要塞から発射されたロボットが敵の表面をおおった。ドームが破裂し、壁が崩れおちる。第一要塞は陥落した。その内部パーツが勝利をおさめた要塞に向かってふいに浮遊し、そこに統合された。こうして敗者は数分たらずで金属の骨組みだけになった。

戦闘の目的はわけなく理解できた。勝者は敗者のパーツによって自身を改良するのだ。それにより作戦行動能力や戦闘力が高まり、生きのこりの可能性が大きくなる。だが、かんたんには答えられない疑問もいくつかある。

「これらは純粋にロボットなのか？」かれは疑問を口にした。

「有機物とサイバネティク部品からなる人工物だよ」ニゼルが応じる。「だが、前進しなくては。時間巡回者を攻撃してくるサイバノもいるから。かれらからの危険がおよばないのは霧の湖だけだ」

ニゼルはローダンを引っ張るようにして立ちあがり、ぐらぐらする地面の上を、色とりどりに輝く構造物に向かって進みはじめた。それは、万里の長城の一部を思わせる。テラナーは案内者のあとを急いだが、揺れる地面に足をとられて思うように進めない。ニゼルとの距離はしだいにひろがっていく。

勝利をおさめた〝要塞〟が金属のぶつかりあう騒々しい音をたてて去っていくと、ローダンは足をとめてひと息入れた。ニゼルは両手両足を使って〝万里の長城〟によじのぼろうとしている。ローダンは思わず笑いだした。壁もたえず動いているため、何度やっても振り落とされている。

「ちっともシュノルムじゃない！」ニゼルが文句をいう。もう一度のぼろうとして、やはりだめだったのだ。〝ジュノルム〟は時間巡回者の用語で、おかしい、楽しい、愉快な、という意味を持つ。

ローダンはしばらく笑っていたが、やがて左側から近づいてくる物体を発見した。一見したかぎり、すこしも危険には思えない。むしろとてつもなく大きい玩具の自動車といった観があった。回転するアンテナと、ボディにほどこされた明滅するランプが、その印象を強めている。それが自分に向かって一貫して接近してくることに気づいたとき、狙われているのではないかという疑念がはじめて生じた。

テラナーは壁のところまで進み、よじのぼろうとしてニゼルと同じ敗北を喫する。冷や汗が出てきた。振り向くと、巨大な玩具の自動車は恐ろしいほど近くまで迫っている。だが、バルーンタイヤ四本のうち一本が地面に開いた溝にはまったらしい。車輌はエンジン音をとどろかせて前後に動きながら、溝から出ようともがいている。この災難に逆上しているという印象だ。

テラナーは壁に向きなおった。高さ五メートルでこの程度の傾斜であれば、静止状態ならなんとかなるだろう。充分に助走すればのぼれそうだ。ただ、地面がぐらぐらしているため、必要なスピードが出せない。

追っ手のはまっていた溝がたいらになったのを見て、ローダンはニゼルのほうを向く。

「きみがわたしの肩に乗るしかあるまい。なんとかなるかもしれない」

時間巡回者はいぶかしげにテラナーを見た。そのとき、追っ手が最後のエンジン音をたてて向かってきた。ローダンはすぐに腰を落とし、ニゼルがその肩に乗る。テラナーが立ちあがると、ニゼルは壁の上部に手を伸ばした。

だが、もうすこしのところでとどかない。ローダンは案内者の両足をつかみ、うめき声をあげながら持ちあげた。こんどはニゼルは上端に手をかけ、からだを引きあげることに成功した。そのまま身を横たえ、腕を下に伸ばす……意味のないしぐさだった。テラナーが両腕を上に伸ばしても、ゆうに一メートルたりないのだから。

ローダンはブラスターを抜き、発砲した。エネルギー・ビームが追っ手に向かって進み……その直前で不可視の障害物により扇状に開く。

よく響く太いうなりをたてて車輛がさらに近づいてくる。前面に開口部があり、その奥に金属歯のついたローラー二個が嚙み合うように回転しているのが見えた。

壁にのぼるのをやめて壁沿いに逃げるしかない。だが、それでは逃げきれないことがすぐにわかった。追っ手のほうがはるかに速いのだ。

ニゼルは叫んだりジェスチャーを使ったりしながら壁の上をうろちょろしている。ローダンは悪態をついた。あれでは助けるどころか、ほかの敵をおびきよせるばかりではないか。すでに第二の追っ手が接近してくる。

第一の追っ手が把握アームを伸ばして振ってきた。ローダンは身をかがめる。アームはわずかにはずれ、把握爪が頭のすぐ上でぱちんと閉じた。歯車ローラーのうなり音は、腹をすかせた狼を思わせる。

把握アームがいったん引っこんでから、また伸びてきた。こんどはローダンは地面に身を投げ、かろうじて金属の鉤爪をかわした。すばやく周囲を見たが、逃げ道はどこにもない。この次は殺戮道具のえじきとなるだろう。無意識に宇宙服の下にある細胞活性装置に手をやる。手袋のセンサー・レセプタが卵形の装置に触れたとき、苦々しい笑みが浮かんだ。自分が相対的に不死であることを、またしても極端なかたちで見せつけられたのだ。超技術の産物も、暴力による死からは守ってくれない。

追っ手のエンジン装置が鋭い音を発し、後退した。把握アームが伸びて容赦なく打ちおろされる。ローダンは息をのんだ。だが、攻撃の対象はかれではなく、第二の追っ手だった。把握アームをライバルのボディに打ちこんでうしろに引っ張ったのだ。

マシン二機がローダンをもとめて争っているということ。ローダンを獲物とみなし、ライバルを蹴落とそうとしている。

ニゼルが上から大声でなにかいった。

見あげると、時間巡回者が両手を壁の上端にかけてぶらさがっている。生きのびる最後のチャンスだ。テラナーは跳躍してニゼルの足首をつかんだ。ニゼルははげしく呼吸しながらからだを持ちあげる。ニゼルのからだとローダンのからだは揺れながら壁をのぼっていく。その背後では、サイバノ二機が吠え声をたてながら把握アームをぶつけ合っている。

ニゼルはとうとう腹をつけて壁の上部にからだを引きあげた。ローダンは、ニゼルの脚をつかむ手をすこしずつ上にずらしていく……やがて、ついに片手で壁の上端をつかんだ。

数秒後、かれはあえぎながらニゼルとならんで横たわった。目の前がちかちかする。呼吸がおちついてふたたびはっきり見えるようになると、下方をのぞいてみた。

サイバノどうしの戦いは終わったらしい。一機が横倒しにされて操作不能になり、把握アームが地面の上でぴくぴくと動いている。その横腹をライバルが切り裂き、エレクトロンやプラズマ様の内容物をかきだしては、回転するローラーのなかに押しこむ。

「感謝する！」ローダンは胸をなでおろした。

「ナフィ！」ニゼルが応じる。〝たいしたことじゃない〟くらいの意味だ。かれは立ちあがり、ついてくるよう合図した。

壁の上部の幅はひろいとはいえ、たえず動いているため、ギャロップする馬の背にいるくらいの安定性しかない。ローダンとニゼルは、両腕をひろげてなんとかバランスをとる。

ほんの数歩進んだとき、エンジン装置の轟音が聞こえた。ローダンが下に目をやると、サイバノが獲物を捨てて壁に向かってくる。把握アームを上に振っているが、壁の上端にはとどかない。

「行こう!」ニゼルが呼びかける。「立ちどまるな!」

ローダンはしたがったが、ものの三十メートルで終わっている壁の先端をいぶかしげに眺めた。あそこに到達したら、どうなるのか。サイバノのほうもあきらめるようすはなく、壁の下部に沿って進み、なんの苦もなく潜在的な獲物と足並みをそろえている。

「霧の湖まであとどれくらいある?」ローダンはたずねた。突然に盛りあがった隆起のために、壁から振り落とされるのをかろうじて防いだあとのこと。

「もうすぐのはずだ」ニゼルが説明する。「ただし、直前までこないと見えない。気をつけろ、把握アームだ! 壁がちぢんでいく」

あやういところだった。把握アームの鉤爪が壁の上端をかすめたため、ローダンは落とされないように跳びあがらなければならなかった。マシンのほうも、優位な立場に変わったことに気づいたらしい。逃亡者を追いこしてから壁にぐっと接近すると、ふたたび把握アームを伸ばしてきた。今回は壁の幅いっぱいに達している。ニゼルはうまく跳びこしたものの、逃げるより速くアームがもどってきた。獲物をつかもうと鉤爪が開く。そのあいだにテラナーは考えをめぐらす。サイバノは不可視のエネルギー・バリアにつつまれているが、鉤爪はカバーされていないかもしれない。かれは、鉤爪の付け根の部分を狙って発砲した。インパルス・ビームがメタルをとらえて切断する。二個の鉤爪が音をたてて壁の上部に落ち、武器を失ったアームがむなしく宙を動く。

マシンがアームを引きよせたとき、ローダンは予測した。鉤爪は短時間で再生されるだろう。壁の終わりまであと数メートルしかない。それぱかりか、壁はみるみる低くなっていく。サイバノがはげしく点滅しているのは、逃亡者を嘲笑しているように思われた。

だが、そこで世界が引っくりかえった。

とにかく、ローダンはそう思ったのだ。足もとの地面がなくなって、それまで上だった方向に落下していく。硬直世界と呼ばれる場所に到着してからはじめて、意識的にそちらに目を向けた……空はない。きらきら光るものが、混乱するほどいろいろなかたちでいたるところにある。次の瞬間、なにかに衝突した。恐れていたほどの衝撃はない。奇妙な物質は弾性があり、先ほどまで上を歩いていた物質と同じくらい動きがあって変化していることがわかった。

そのときだ。深い裂け目があらわれて、ローダンと案内者をのみこんだ。つかまるものもなく、下に滑り落ちていく。上方で鈍い衝突音がしたので振り向くと、追っ手だった。サイバノも新しい〝下〟に向かって落ちたのだ。ニゼルとローダンがいまもなお落下していく裂け目の上のほうで、さかさまになってバルーンタイヤを回転させている。

ローダンとニゼルは数秒後に底に到達したが、けがもなく、すぐに起きあがった。そこはせまい峡谷の底で、二方向にはてしなくのびているらしい。

「前進だ！」ニゼルがせかす。

「待ってくれ！　見境いなく好き勝手に走るわけにはいくまい。この峡谷はどの方向にのびているのか？」

時間巡回者は笑い、

「ここではどの方向に進んでも目標に到達する、ローダン」と、テラナーに指示する。

「さっさと行こう。峡谷がひろがってサイバノが頭上に落ちてくる前に！」

2 霧の湖

ペリー・ローダンとニゼルが峡谷に沿って十五分ほど進んだころ、ふいに壁がなくなり、あっという間に周囲一帯が波打つ平原となった。〝天空〟となった物体がふたりの五十メートルほど上方で揺れ、波打っている。きらめく光はしだいに弱まり、霧のようなものが濃くなっていく。

「圧縮嵐だよ」ニゼルがいった。頭が綿でつつまれているような声だ。「潜在島に着くようにしないと。でないと湖に沈んで、嵐が氷結したら閉じこめられる」

テラナーには訊きたいことが山ほどあったが、足もとの地面がやわらかくなってきたのに気づいてこらえた。

「いいだろう。なにかは知らないが、潜在島とやらを探そう。だが、そのあとでいくつか説明してもらいたい。きみはわたしを、ほとんどなにも理解できない環境に連れてきたのだから。どのような困難が待ちうけているかを察していたら、ついてきたかどうかわからない」

「そうだろうな。だから前もっていわなかったんだ」ニゼルがそっけなく応じ、ある方向をさしめした。ローダンは目を向ける。にごった霧状のものの向こうに、黒みがかった風変わりなかたちがいくつか見える気がした。「あそこに行かなくては。このあたり一帯では、あれが唯一の潜在島だ。悪かったな、こんなピケリグな状況になって。でも、すくなくともワルネウツじゃないから」

ニゼルは歩きだす。

時間巡回者の表現にローダンは皮肉な笑みを浮かべ、

「まったくピケリグだ！」と、声高《こわだか》にいった。これはニゼルのいいまわしで〝不快な〟くらいの意味を持つらしい。それに対して、ワルネウツは〝退屈〟を意味する。「たしかにワルネウツではない！」

それどころか、非常に危険な状況だった。地面はますますやわらかくなり、いくらもしないうちに泥と同じくらいの粘度になった。ニゼルとローダンはともかく前進するため、腕を前方に伸ばして水泳の要領で動かす。暗くなってきたので、もはや潜在島は認識できない。ローダンは案内者が方向感覚を失っていないことを願うばかりだ。周囲から響いてくる、ぶんぶんという騒音や水のはねる音も、気持ちをおちつける役にはたたない。おそらく、サイバノが潜在島にたどりつこうと奮闘している音だろう。

ローダンは宇宙服の耐圧ヘルメットを閉じた。地面はますます深部まで泥のようになったため、かろうじてかたさののこる土を足で踏み歩くことは、もうできない。かれらが進もうとしているのは、引きずりこまれるほどの粘着性はないにしても、水よりはるかに高濃度の湿地なのだ。泳ぐにはそうとうな力を要する。手脚が疲れて動かなくなるのは時間の問題でしかあるまい。見晴らしは悪くなる一方で、風景は陰鬱《いんうつ》なグレイにつつまれ、音響も鈍く聞きとりにくい。

ローダンは、自分とニゼルの前方のどこかに周囲よりさらに暗い無定形の部分があるような気がして目を細めた。

あれが潜在島か？

その疑問は、ニゼルの頭が〝ぷすん〟という音とともに湿地の表面から消えたとき、重要性を失った。

ローダンは必死で重い泥水をかいて先を急ぐ。やっとのことで両手がなにかに触れると、思いきって引きあげた。ニゼルの頭が沼から解放され、せわしなく呼吸する。ローダンは力を振りしぼり、エネルギッシュにニゼルを引っ張りながら前に進んだ。目の前にある、いましがたまで無定形だったものがかたちを帯びてきた。それは不思議なことに、氷山に似ている。黒い物質からなり、内部から薄気味悪い光をはなっている。超人的なまでの苦闘のすえに島にたどりつくと、テラナーはへりをつかみ、驚いて動きをとめた。非常にかたいのだ。これまでに出会った物質はすべて弾力性のあるものだったのに。やっとのことでからだを引きあげたとき、膝と肘に痛みを感じた。だが、かまってはいられない。ニゼルの頭がまたしても泥のなかに沈んだからだ。ローダンは、まだつかんでいた案内者の腕を引き、足場を見つけて引きあげた。ついにニゼルのからだも島の地面に横たわった。

だが、意識不明なのか死んでいるのか、時間巡回者は動かない。ローダン自身も身体的に崩壊寸前だったが、憤怒の決意で蘇生処置をほどこす。

ついに時間巡回者はからだを動かし、多量の泥水を吐きだすと、ぜいぜいとあえぎながら呼吸しはじめた。ローダンは手をはなして周囲を見まわす。

黒い島の一部が見えた。割れ目やクレバスにおおわれ、ふたりの背後でせりあがっているため、いっそうテラの氷山に似ている。だが、物質は明らかに氷結した水ではない。非常にかたいばかりか、冷気のかわりにそうとうの熱を放出している。ローダンの宇宙服にくっついた泥水が短時間で乾燥したほどだ。防護服を着用していないニゼルはやっかいなことになった。ずんどうな服が泥におおわれ、それがいまやかたまって殻のようになっているのだ。

テラナーにとってもっと気がかりなのは、クリスタルでできたような山の反対側から聞こえてくると思われる鈍い騒音だった。ほかにも何者かが島にいることを示唆《しさ》している。耐圧ヘルメットをうしろにたたみ、慎重に息を吸いこむ。硬直世界を領する大気の組成は変化していないらしい。なんとなく違うところがあるとはいえ、テラの大気と同様に呼吸はできる。宇宙服にそなわるセンサーには処理不可能らしく、とんでもない数値がたえず変化しているが。つまり硬直世界は、ローダンの故郷がある宇宙の一部ではないということだ。

「プロト・ジェネシスか」ローダンが考えながら小声でつぶやく。

ニゼルは咳をしてからたずねた。

「なんのことだ、ローダン?」

「なんでもない!」ローダンが応じる。「非科学的なことだ。われわれ空間士のあいだで、ジェネシスは各人がいだく世界観によって〝原初〟または〝創世〟を意味する概念として使われる。プロト・ジェネシスは〝創世の前段階〟という意味で……われわれの宇宙が誕生する直前、つまりビッグバン直前の状況に、わたしが思いつきでつけた呼び名だ。それはおそらく完全に無音で進行したのだろうな」

「進行することになる、だ」ニゼルは訂正した。

「些細《ささい》なことを!」ローダンは怒りと愉快さのまじった気持ちだった。「きみもいったではないか。硬直世界に時間は存在しないから、時間の経過もない、と。だが、ここの出来ごとは経時的に進行している印象が強い」

「思い違いだよ」ニゼルが応じる。「でも、当然だろう。きみは経時的な進行でしか思考できないのだから。そのため、理性がすべてを経時的に整理するのだ。硬直世界を構成する原物質に浸透するのは原時間で、宇宙でいうところの時間は、ここには存在しない。なぜかというと、時間というスパンがひろがるのは、巨大質量の重力フィールドが作用する領域内だけだから……ここには質量も重力も存在しない」

ローダンは、理解不能なものをそのまま受け入れることにした。ほかのやり方は、どれをとっても気が変になりそうに思われたからだ。

「ま, いいだろう、相棒」かれはいった。「だが、ほかにもいくつか質問がある。たとえば、サイバノはどうして先行宇宙の終焉のあとも存続できたのか。それがどのような宇宙だったのかと訊く気はないので、実際的な質問だけに絞りたい。それでもサイバノの行動は、ある宇宙でもっとも進化を遂げた生物のそれとは違うように思う」

ニゼルは小声で笑った。

「ここにいるのはそうした生物そのものではなく、堕落した遺物だよ。時間巡回者もかれらについてはあまり知らない。先行宇宙はわれわれに閉ざされているから。この宇宙がカオス的出来ごとによって没落したとき、時間シュプールも破壊されたのだ。われわれの仮説によると、この前宇宙ではまず有機生命体が生みだされたのだと思う。それがいつしか意識を持ち、やがては知性を発展させ、サイバネティクス組織形態を持つ物質を創造するようになった。のちにサイバネティクス知性体は優勢となるが、有機知性体が抹消されたわけではなく、おそらく数百万年にわたって奮闘しつづけたのではないか……予測された前宇宙の終焉からおのれを救い、できれば次の宇宙に入りこみたいという目標に向かって。ひとつめの目標は部分的に達成したようだが、ふたつめは失敗した。というのも、ここより先、われわれの宇宙に通じるサイバノの時間シュプールは存在しないからだ」

そのことを考え、ローダンは戦慄した。

「それはどうかな！　きみが描写した展開は、われわれの宇宙にもはっきりしはじめている。そこでも結局は有機知性体が知性を持つ機械をつくりだして、いままさに想像を超える完璧さに発展させようとしている。前宇宙の知性形態は、次の宇宙への跳躍を物質的にはたさなかったとしても、思想的にははたしたのかもしれん」

「たしかに」ニゼルは認めた。「でも、そんなことを考えても意味がない。あらゆる存在の根源をもとめれば、不可解さにおのれを見失うことになるぞ」

ローダンはかぶりを振る。

「どんなものにも根源があるはず……発見不可能ということはあるまい」

「そうか！」ニゼルは声を高めた。「深淵の騎士は永遠の探究者だってことを頭に入れておくべきだった。だが、わたしはいわば退廃的な享楽主義者にすぎない。われわれ時間巡回者にとり、宇宙誕生からの数十億年間の出来ごとは、すこし前まで、おもしろい娯楽を提供してくれる非現実でしかなかったんだ」

テラナーは笑みを浮かべた。自分とニゼルのメンタリティのあいだに、こえがたい溝があることはわかっている。それでもなおコンセンサスが生じたのは奇蹟に近い。だが、期待しすぎるのは禁物《きんもつ》だ。この関係の利点を実際的に利用すればいい。すくなくとも、そのように自分に強制しなければならない。運命により、まぬがれることのできない責任を課されたのだから。

運命か……それともコスモクラートか？　この疑問を何度いだいたかわからない。そのたびに、自分にとってはどちらも同じなのだと実感する。このふたつを明確に区別することはできないのだから。

山の向こうから聞こえてくる騒音が大きくなり、宇宙の出来ごとの因果関係についての思考から解放されたとき、ローダンはほっとした。

「なんだろう？」と、ニゼルにたずねる。「騒音を出しているのはサイバノなのか？」

時間巡回者は緊張の面持ちで耳をかたむけてからいった。

「霧の湖だ。圧縮嵐の影響に逆らっている」

「圧縮嵐とは？」ローダンがさらに質問すると、

「学問的な答えを期待しているなら、がっかりさせることになるが、こんなふうに想像してくれ」と、ニゼルは応じた。「前宇宙の原物質には、ある力が内在している。これが原物質を臨界点まで凝縮しようとし、やがてビッグバンが起きる。その力に抵抗して働くのが、原物質の慣性力だ。両者の戦いが表出して、ひとつの圧縮嵐になる」

「ひとつの？」ローダンは疑問を口にした。「複数ではないのか？」

「複数の圧縮嵐は、時間の流れがなければ存在しない」ニゼルが教える。「でも、ここにはその流れはない。たったひとつの圧縮嵐があるだけだ」

「そんなばかな！」と、テラナー。「たったひとつの圧縮嵐しかないのなら、その進行について語ることはできないだろう。変化しないのだから。だが、きみはさっき、いつか氷結するといったぞ」

「もういいだろう、相棒！」ニゼルは応じた。「ここではすべてが同時に起こるのだ。きみは思考が経時的進行に凝《こ》りかたまっているために、気づかないだけのこと。一時的に時間巡回者の能力を利用できるとしても、空間士のきみにはけっして理解できまい。イモムシが電気ショックを受けたとして、電気の本質を理解すると思うか？」

ローダンは意志に反して笑った。

「一対ゼロでニゼルの勝ちだ！　きみはイモムシを改宗させたな」

「二度と呼吸しないといわれたほうが、まだしも信じられる」ニゼルは一蹴《いっしゅう》した。

ローダンは嘆息する。

「そういうことにしておこう、相棒」かれは立ちあがり、黒いクリスタル山をじっと眺めた。「さて、霧の湖に行くか？　これほど近くにあるのだし」

「近く？」ニゼルは鋭い声でくりかえす。「これほど遠くはなれたことはないぞ。でも、きみにはそう見えるのだな。では、行こう！」

ニゼルも立ちあがり、深い裂け目に向かっていく。ローダンはあとを追った。島が震動して三十度ほど右に回転すると、テラナーは足をとめる。しかし、案内者が迷わず進むのを見て、ふたたび歩きだした。しばらくしてふと気がつくと、騒音はやんでいる。山も収縮したように思われた。

裂け目に到達したとき、めりめりと鋭い音がして、テラナーはふたたび足をとめた。だが、ニゼルは逆に足を速めたようなので、テラナーもそれにならう。理解不可能な環境で起こることを理解しようとするのは、もうやめていた。

もう一度めりめりという音が聞こえ、すぐにぱちぱちというやや軽い音に変わった。島がふたたび回転する。こんどは左だ。島を構成する物質はもはや漆黒ではなくなり、クリスタルの輝きも消えた。色は明るくなっていく。ローダンが振りかえると、泥沼も変化していた。ゼリー状になり、内部からくすんだ色の微光をはなっている。見あげると、雲に似た原物質の塊りが弱々しく光りながら下降してくる。それらのあいだは、金色や銀色の火花で満ちていた。

次の瞬間、世界はまたしても転倒した。

ローダンは思わず、支えをもとめて右側の山肌に手を伸ばした。指のなかで物質が砕け、かれは上に向かって落下しはじめる……この〝上〟も、次の瞬間に〝下〟となった。

テラナーは困惑した。裂け目やクレバスででこぼこの土地に立っていたのだ。上方で金銀の火花が亡霊のように踊り、周囲のひらたい丘はスペクトルのあらゆる色にきらめいている……そこから数十名の生物がおりてきた。見たところ、ニゼルの複製のようだ。

だが、ニゼルはいまもなお数歩手前にいる。かれはゆっくりと振り向き、両腕をひろげた。

「わたしの兄弟たちだ！」

いまいる谷が霧の湖であることを、テラナーはやっと悟った。

3 集会

大勢の時間巡回者がやってきて、同胞とテラナーを中心に大きな円をつくった。興奮してひそひそ声で話すかれらのあいだに、金銀の火花がゆっくりとおりてくる。やがて、不可思議な場所に集まった訪問者たちは、無数の有機物によって明るく光る円形の湖に腰まで浸かっているような印象となった。

ペリー・ローダンとニゼルもこの〝湖〟のなかに立っているが、動きは妨げられないようだ。ローダンは手をくぼませて中身をすくってみたが、すくいあげることはできなかった。

「これは物質ではなく、原時間だよ」ニゼルが説明する。

原時間！　テラナーは心のなかでくりかえす。つまり、時間巡回者の祖先はこの〝原料〟を使って、最小の時間単位であるクロノンをつくりだすわけだ。

周囲に視線をはしらせ、心中で荒れ狂う興奮をやわらげようとつとめる。このところ新しい認識をたくさん得て、その場で目眩《めまい》がしそうになることもあった。それまでもっとも大胆な夢のなかですら想像しなかった宇宙的関連への理解の基礎が、心の目の前でまとまりそうになる。だが、それは理解の基礎にすぎない。おのれの使命をまっとうするには、学ぶべきことがまだいくらでもあるのだろう。

「よそ者がいる」時間巡回者のひとりがいった。音声を使っているが、ローダンはメンタル的方法で理解した。かれの知るどの言語とも関連性のない言語だったから。「空間士だな」

「特別な空間士なんだ」ニゼルが説明する。やはり未知の言語なので、ローダンはメンタルで感じとる。「かれの名はペリー・ローダン。かれのシュプールに着目したのは、空間と時間の両方を移動できる者だと、仲間のひとりから聞いたからだ」

ほかの時間巡回者たちは好き勝手に話しはじめた。ローダンがメンタル的に理解できたのは、かれらがニゼルの発言を疑っているということだけだ。

「もちろん、それは特異なことだ」ニゼルが先をつづける。「ローダンは時間を移動する能力を持つが、自分で開発したのではない。クロニマルと呼ばれる生物にエネルギーを補給してもらうことで、時間内を移動できるようになった。わたしはかれの持つこの潜在能力を活性化して、時間シュプール上を移動する方法をしめした」

時間巡回者たちは、またしてもいっせいに話しはじめた。どうやらニゼルのやり方にいらだっているらしい。それでも、はじめて耳にするクロニマルという生物への好奇心のほうが強いようだ。

「クロニマルは、混沌の勢力の奴隷だ」ニゼルは説明する。「真の姿は抑圧された時間巡回者で、つまりわれわれの兄弟ということ。だが、支配者に悪用されている。それでわたしはローダンに協力したのだ。かれがいうには、ある知性体種族の救援に手を貸してほしいと。そうすれば、混沌の勢力がわれわれの宇宙の秩序に打撃をあたえるのを防ぐことができる。その種族とは、島の王たちに居住惑星もろとも殲滅《せんめつ》されたツーノーザーだ」

聞き手たちのあいだにあらたな興奮の波が起き、はげしい議論がはじまった。島の王たちの正体については、かれらの多くが知っているようだ。ツーノーザーについてもまったく知らないわけではないらしい。島の王にくらべると情報量はすくないにしても。

「ツーノーザーは滅亡させられたのだぞ」しばらくしてから、ひとりの時間巡回者が明言する。「その行為がなかったことになれば、時間パラドックスが起こり、ほかの無数の時間シュプールに予測不能な影響をあたえる危険がある」

「そのことはわかっている」ニゼルが応じた。「わたしに確信がなければ、ここでツーノーザー救援を議題にはしなかった。というのも、かれらの時間シュプールは確実にすべて同時に中断していて、限界時間の方向には虚無しかないのだ。ほかの時間シュプールとの交差接続は存在しない」

「当然だろう」べつの時間巡回者があざける。

「抹消されたものが、時間シュプールや交差接続をのこすことはできない。だが、ツーノーザー滅亡をなかったことにすれば、たちまち事情は変わり、その時点から事象はまったくコントロールできなくなる。きみの表面上の証拠は役にたたないよ、ニゼル」

「力不足であることは自分でもわかっている」ニゼルは認めた。「だからローダンとわたしは、祖先のひとりに意見を仰いだ」

興奮したつぶやきが起こる。

ざわめきがおさまるのを待ってから、ニゼルがつづけた。

「祖先の助言によると、すべてが流れている場所に新しい時間シュプールをつけよ、とのことだった。独創的といえるくらい単純だ。ツーノーザー滅亡と限界時間のあいだの期間をスキップすることになるから、どんな性質にしろ歴史的展開に影響をもたらすことはない。かれらが抹消される直前に、時間の流れからすくいとって、限界時間にうつせばいいだけだ」

「祖先がそう忠告したのか？」ニゼルに反対する者がたずねた。「祖先の知恵を疑う気はないが、任務の大きさと危険がわかっているのか、ニゼル？」

「もちろん」ニゼルは応じてから、いわくありげに声をひそめ、「だが、ここから得られるものによって、われわれの努力はお釣りがくるほど報われる。というのも、これは奴隷化された兄弟種族を解放するまたとない機会なんだ。限界時間を訪れるというリスクをおかす充分な理由になる」

時間巡回者たちはまたしてもめちゃくちゃに話しだす。新しい兄弟が得られるという見こみに興奮しているらしい。そのため、計画中の作戦行動に対するあらゆる疑念は吹き飛んだようだ。その一方で、ほとんど実行不可能に思われる大胆なくわだてに対する懐疑をかくすことなく口にしている。

「もちろん、クロニマルたちがかぎられたせまい空間に集中していなければ解放できない」ニゼルが発言する。「でも、ローダンがそうなるようはからうと約束した。策を弄《ろう》し、指揮エレメントがクロニマルをわれわれの手中へと駆りたてるようにするそうだ」

そのコメントが決定的な効果をおよぼし、時間巡回者たちの気分は熱狂に変わった。散開してほかの同胞たちを霧の湖に呼びよせ、力を合わせて二重任務にあたることを、満場一致で決定した。

かれらが消えたとき、いっさいが夢ではなかったと確信するために、ローダンは腕をつねった。

「その気持ちは想像できる」ニゼルは共感をこめていった。「でも、のんびりしているときではない。限界時間にもどって、きみの任務をはたしてもらわないと」

テラナーは嘆息し、

「そうするべきなのだが」と、力ない声で応じた。「できるだろうか？　限界時間に到達するために充分なエネルギーがのこっているだろうか？　くたくたに疲れている気がする」

「それは精神的なものにすぎない」ニゼルが説明する。「時間巡回者が霧の湖に集まるのは、それなりの理由あってのこと。われわれはここで、原時間からあらたな力をくみとるのだ。新しい時間エネルギーを補給する、といってもいい。それはきみにもあてはまる。新しい時間シュプールをキャッチしたら、すぐに感じるだろう。獲得した時間エネルギーのせいで限界時間の先まで流されないよう、よく気をつけないと」

4　限界時間

《バジス》司令室では、ゲシールが複数のスクリーンを観察している。そこにうつしだされているのは、遠征船の近距離と遠距離をふくむ周囲のようすを人間の感覚に合わせてコンピュータ処理した映像だ。

引き裂かれたような構造を持つ直径七千二百光年の不規則な矮小《わいしょう》銀河アンドロ・ベータは、当然のことながら、もっとも大きな空間を占めている。その次が、人間のあらゆる想像力を上まわる数の艦隊からなる無限アルマダ。それに対して《バジス》は砂嵐のなかのひと粒の砂でしかない。

それでも、広域にわたってすべてがコントロールされている。極端に悲観的な観点に立ったとしても、これほどの戦力の集合体に対して、〝エレメントの十戒〟が正面攻撃で勝つチャンスがあるとは考えられなかった。

だが、敵にとっては正面攻撃の必要などまったくない。

ゲシールの顔に影がさす。混沌の勢力が連合艦隊に最初の攻撃をくわえ、成功裏に終わらせたことを思いだしたのだ。仮面エレメントの力を借りてペリー・ローダン誘拐を準備し、暗黒エレメントに守られて遂行した。それから二日経過したが、《バジス》および銀河系船団のほかの艦船内の宙航士たちはいまだにショック状態にある。

ゲシールもまた、ショックから立ちなおっていない。彼女のショックはまったくべつの性質のものだった。彼女にとって、ペリーは第一に夫なのだ。善と悪の力による決定的対決となったときリーダーの役割をになうよう、コスモクラートに定められた中心的人物というのは、二義的な意味にすぎない。彼女がペリーを心配しているのは、かれが無限アルマダをクロノフォシルに導いて銀河系を縦断させる男だからではない。夫を愛していて、永遠に失うかもしれないことを恐れていたからだ。エレメントの十戒の力から解放しなければ、ペリーが失われることは確実に思われた。

ゲシールが顔をあげると、ウェイロン・ジャヴィアの視線と出会った。ふだんはおちつきと静穏の模範である《バジス》船長の、はりつめた神経が伝わってくる。ペリー・ローダンを見つけだして解放するためになにもできないことが、かれの心の重荷となっているのだ。

ゲシールは、思わずほほえんだ。

「剣を手に戦場にいるのに相手が見えないのって、ストレスよね」と、語りかける。

ジャヴィアは汚れた上着をいらいらと強く引く。ふいにボタンがとれた。指のあいだ

にあったボタンを、悪態をつきながら投げ捨て、

「この対決が精神レベルでおこなわれるにちがいないことは、わかっています。でも、あなたがつらい思いをしているのに、ご主人を見つけだすためになにもできないなんて、気が狂いそうだ」と、険しい口調で応じた。それから前方のスクリーンをしめし、「あれがアンドロ・ベータ、無限アルマダが接近する最初のクロノフォシルです。われわれ、あそこを探せばいいのでは？　エレメントの十戒がチーフをあそこへ連れていったことは明らかでしょう？」

「ああ、ウェイロン！」ゲシールはため息をつく。「もちろん明白に思われるわ。でも、それだからこそ、あそこでペリーが見つかるはずはないと考えているの。敵はわれわれと精神的に同等よ。つまり、自意識を強めるために華々しい成功を狙う必要はない。ペリーを拉致《らち》したのは、こちらをおびきよせる餌《えさ》として目の前にちらつかせるためじゃないわ。ということは、かれを探しているあいだは、ぜったいに見つからない。十戒に打撃をあたえなくては。混沌の勢力が揺らぐくらい効果的な打撃を。そうすれば、もしかするとペリーへの手がかりが見つかるかもしれない……いわば副産物として」

「曖昧《あいまい》な希望ですね」ジャヴィアはがっかりしていった。

「ペリーがかかわってないなら、曖昧といえるかもしれない」ゲシールが説明する。

「でもペリーは、二匹の犬に狙われているときに、なにもせずじっとしているような男

じゃないわ。チャンスがくるのを待って……敵がほんのすこしでも隙を見せれば打ってかかる」

「うん、そのとおりだね！」ゲシールのデスクにあるプラスティックのカードが空気の動きに揺れ、明るい声が響く。「ペリーは数千年前からずっとそうしてきたんだから。ちょっとだけ時間をあげれば、自分から行動するって！」

すぐ横のあいたシートに実体化したネズミ＝ビーバーに、ゲシールはうなずいた。

「かれのこと、よくわかってるのね、ちびさん」

グッキーはシートから滑りおりると、よちよちとゲシールに近よって膝に頭をのせた。女はかれの耳のうしろをもしゃもしゃとなで、

「〝仮面はがしプロジェクト〟はどうなった？」と、訊く。

「ぼくの鼻のおかげで問題は解決したよ」イルトは報告する。なでてもらって、見るからに気持ちよさそうだ。「あれは、仮面エレメントが分泌するプシ活性化フェロモンなんだ。フェロモンのせいで、潜在的犠牲者の批判能力が除去される。だから、模倣生物が大きなミスをやらかしたとしても、ばれることはないわけ」

「たとえ、にせもののブリーみたいにレモンのにおいをさせててもね」ゲシールがいいそえる。

グッキーは頭をまわし、まんまるの目をきらきらさせてゲシールを見る。

「引っかからなかったのはぼくだけなんだから！」と、自慢した。「ぼくのいうことを聞いてりゃ、ブリーのコピイはレモンで商売することになったのに。だけど、みんなぼくを大げさだって思ってるからな」

「大ごとでしょ」ゲシールが訂正する。「でも、もうそれはどうでもいいわ。ジェフはデテクターを構築できたのかしら？」

「なにいってんだい！」ネズミ＝ビーバーがいいかえす。「ジェフは機能のしかたさえわかれば、なんだって構築できるんだから。あと数分でできあがるよ。それをきみに伝えるためにきたんだ……それと、いっしょに動作テストするかどうか訊こうと思って」かれは、頭を横に向けた。「顎の下なんて、とっても気持ちいいんだよね」

「いい神経してるな！」ジャヴィアがにやけ顔でいった。

ゲシールは、グッキーが指摘した場所を手でさする。

「わたし、なんだってするわ、ちびさん。動作テストはブリーのアイデアなの？」

「ブリーのアイデアだって？　でぶのやつは、もうすこしで……」イルトはばかにしたように言葉を返すと、息を弾《はず》ませ、「とにかく、かれはきみを金の檻《おり》に閉じこめたいくらいなんだ。きみまで拉致されないようにね。だけど、そんなのゲシールらしくない。きみとならなんでもできる。馬だって盗めちゃうぜ」

「やっぱりだ！」レジナルド・ブルの大声が主ハッチから聞こえてきた。「ネズミ小僧がいるのはここしかないと思った！」

グッキーが頸の毛を逆だてて起きあがり、これ見よがしににおいを嗅《か》ぐ。

「ほんのわずかでもレモンのにおいがしたら、あんたは急降下爆撃機になっていっきに墜落するんだからな！」と、大声で脅す。

まっしぐらにグッキーに向かって進みかけたブルは、思わず足をとめた。

「それは客観的じゃないな。きみの鼻には、わたしのコピイのフェロモンがまだたっぷりくっついているから」と、説明する。「だが、恐くなんかないさ」

「もうやめて！」ゲシールがまじめ顔でいった。「ふざけているひまはないのよ。フェロモン・デテクターはどこなの、ブリー？」

ブルは〝ひゅう〟と、口笛を鳴らす。

「ここはえらく風が強いな！」それからすぐに真顔になり、ストレスでまいっている人々が会議に持ちこむような感じで、黒いちいさなアタッシェケースに似たものを持ちあげた。「これですぜ」

「持ってきて！」と、ゲシール。

ブルは歩みより、彼女のデスクの上に慎重にそれを置いた。イルトにはもはや注意をはらわない。すくなくともグッキーのほうは、たくましいテラナーの意味ありげな目くばせに気づいたが。

「エレクトロン部品がたっぷり詰まっています」ブルは説明しながらアタッシェケースを横向きに置き、持ち手の下部をそれとなくいじる。すると、蓋側にきらきらするしみがあらわれた。「偽装ディスプレイですよ。望みの分析はすべてマイクロプロセッサーが自律的におこない、ここに表示します。香りセンサーもやはり偽装されていて、感度はきわめて高く、グッキーの嗅覚細胞でも感じとれないフェロモンにも反応します」

ブルはきらきらするしみのひとつを指先で触れた。それはすぐに明るくなり、目に見える変化のない曲線と数値がグリーンのライトで表示された。

「どういうこと？」ゲシールがたずねる。

「まさに文字どおり、デテクターが反応するのに充分なフェロモン微粒子が、ここにはまだ存在するということ」かれはにやりとした。「レモンのにおいがするぞ、ちび」

グッキーはびくっとして、懸命ににおいを嗅ぐ。

「なにもにおわないよ……とにかく、レモンのにおいはしない」

ブルはうなずいた。

「フェロモン・デテクターの性能は、犬の嗅覚細胞が持つ能力の一万倍だとハミラー・チューブが主張している。数週間前のにおい跡ですら証明できるとか」

「ってことは、ぼくの鼻じゃたりないわけか」イルトが口を尖らす。

「ここで問題となる高度任務では、ということだ」ブルは応じた。「これはお遊びじゃないんだぞ、グッキー」

「わかってるって」イルトは小声で認めたが、すぐにまた元気になり、「なにがいいたいんだい、でぶ？　ぼかあ、GAVÖK船のどっかに忍びこんだ仮面エレメントを、ものすごく本気で探りだそうとしてるんだから。かれらにぼくを知ってもらわなくちゃ！　あいつらなんか、空中でびりびりに引き裂いて、地面で踏みつぶして、歯を一本ずつ抜きとってやる！　それって、きみたちの曾孫の代になっても笑えるほど愉快なんだけどな！」

「そんな、グッキー！」ゲシールとブルが同時に叫ぶ。

ネズミ＝ビーバーは一本牙《きば》をすこし見せてから、

「愉快とお遊びのあいだの微妙な違いがわかるのって、ぼくだけだからさ」と、いって、片手をアタッシェケースに置く。「じゃ、装置は準備完了なんだね？」

「もちろんだ」と、ブル。

「すごいや！」グッキーはうれしそうにゲシールに合図する。「そんじゃ、馬はどうします、マダム？」

「盗みましょ」ゲシールはグッキーのあいたほうの手をとった。「そんなの、ぜったいに……」

「おい！」ブルはぎょっとして大声を出す。

ゲシールとグッキーの姿が消え、〝ぽん〟という音とともに、ふたりのからだのあっ

のか？」
スを補完し、あいたゲシールの成型シートに腰をおろした。「それ以外の推測でもした
「同意できない……そういおうと思ったんだよ、親愛なるウェイロン」ブルはセンテン
「なにをいおうとしたんです、ブリー？」ジャヴィアの顔に苦笑が浮かぶ。
た場所の真空に空気が流入した。ブルは唇を嚙む。

＊

ふたりが実体化したのは、明るく照らされた通廊だった。床が振動し、グレイの壁の背後からぶーんという音が聞こえてくる。宇宙船の機関室だ。

そのときはじめて、ゲシールは自分のしでかしたことに気がついた。グッキーといっしょに行きあたりばったりにテレポーテーションしたわけだ……いや、グッキーが彼女を連れてでたらめにテレポーテーションしたのだが。

「心配ないって！」イルトがささやく。「ここは《デュチュル・クリミュン》っていうブルー艦のなかだよ」

「どうして正確にわかるの？」ゲシールがたずねた。

「だってさ、親友の奥さんを危険な目にあわせるわけにいかないじゃん。当然、ハミラーに協力してもらって、きみとジャンプする宇宙船を選んだってわけ」と、いって、グ

ッキーはアタッシェケースを床におろし、偽装デテクターの蓋側にあるきらきら光るしみを指でなでる。それは光度を増したが、なにもしめさない。「すくなくとも機関室にプシ活性化フェロモンは存在しないよ」グッキーは断言し、「かりに仮面エレメントが艦内にいるとして、まだ一度もここにきていないってことかもしれない」

ゲシールは安堵するとともに、ネズミ＝ビーバーを正しく評価していなかったことをすこし恥じた。

「思考を読んで確認できないの？」と、たずねる。

グッキーは一本牙をのぞかせた。

「読んでるところだけど、ブルー族のおきまりの思考だよ。だいたいが快楽主義的お楽しみのことを考えてる。げっ、グリュッチュ・ミミズの卵だって！　なんだってそんなものを！」それからまじめな調子になり、「ただ、乗員たちが仮面エレメントにすりかわってるとしても、これ以外の思考はまずキャッチできないだろうな。カッツェンカットのつくった生物がそうかんたんに手の内を見せるはずはないもん」

アタッシェケースの持ち手をつかみ……ゲシールの手はまだ握ったままだ……ふたたびテレポーテーションする。こんど実体化したのは食糧貯蔵室で、頭がしびれるような強いにおいに満たされている。ディスプレイをオンにすると、やはりなにもしめさない。

「結果はネガティヴ」と、イルト。「ブルー艦でいちばん出入りの多い場所が食糧貯蔵室だ。ここにフェロモンが存在しなければ、この艦は問題なし。さ、行くよ!」

ゲシールが気がついたときには、すでに周囲のようすがふたたび変わっていた。今回は、交換部品を詰めこんだ倉庫らしい。いや、一見してそう思ったが、よく見ると大部分は腐食してかたちが崩れるか、または無秩序に解体されている。

「トプシダーがよくやることさ」グッキーが説明する。「オーヴァホールのあと、船の幹部が大急ぎで交換部品のストックを闇市場に持っていって商船に売り、かわりにスクラップを受けとるんだ。種族の待つ基地にもどったら、使い古して代替部品と交換したものだって申告する。もちろん儲けの大部分は基地の幹部にとられるけど、それでも充分な余禄があるからね」

「それじゃ、トプシダー船団はいつまでたっても出動準備がととのわないわ」ゲシールがコメントする。

「そのとおりだよ」イルトが応じた。「深刻な事態になると、最初の一撃でかれらの船はばらばらになる」

「それなら、そのままにさせては……」

「するべきことをすべてしていたら、ほかのところには行きつけないよ」ネズミ=ビーバーが応じる。「それに、どのみちなにも変えられないんだから、かっかする必要ないだろ? ディスプレイにはやっぱりなにもうつらないままだね。あと数回、あちこちジャンプしたら、次の船に移動するよ」

かれはゲシールを連れてテレポーテーションし、トプシダー船内をさらに数ヵ所確認すると、次の目的地に移動した。

「LFTの特殊観測船《デュボワ・ホヴァーヴァルト》だよ。壁はぴかぴかで床には埃ひとつないだろ。ここには秩序が領しているんだ」

ゲシールはにんまりした。

「ディスプレイはやっぱりなにもしめさないわ。いったいここ、どこなの？」

「居住区のそばだね」グッキーはいい、鼻にしわをよせた。「変だな。きついにおいがする。フェロモンじゃないし、なにかな？」

さらにテレポーテーションで移動する。

次に再実体化したのはせまい小屋のなかで、イルトはすぐさま白い毛皮を持つ四本脚生物に攻撃された。頭に二本の角があり、それでイルトの下肢を突いてきたのだ。

グッキーは一瞬ぎょっとしたが、テレキネシスで攻撃者を遠ざける。

「ヤギか」意外だった。「LFTの特殊観測船にヤギがいるなんて！　首席テラナーが知ったらなんていうか！」

「知らせなくちゃならないの？」ゲシールが楽しそうに訊く。

ネズミ＝ビーバーは啞然として彼女を見つめ、それからくすくすと笑いだした。

「きみってほんと、ぴかいちだなあ」と、いい、にっこりする。「もちろんティフにすべてを知らせる必要はない。合成コーヒーより搾《しぼ》りたてのヤギのミルクを好む人間がLFT船にいるってことなんか、ぜんぜん知らなくていい」

「これ、雄よ」と、ゲシール。

「うん、そうだよな。ミルクのために雄のヤギを……」ネズミ＝ビーバーはふいに言葉を切った。「きみがいいたいのは、これ、雄ヤギってことかい？」

「そういったでしょう？」

「だけど、雄ヤギの乳を搾るって大変じゃんか」イルトは嘆くようにいった。「それとも……LFT宇宙船でだれかが動物を飼っているのは、それを……」と、いって、手の外側を顎に当てて動かす。「それって野蛮だぜ、ゲシール！」

「ねえ、乗員のペットなんじゃないかしら」ゲシールは応じる。「そうめずらしいことじゃないわ。オウムやホエイモムシを飼ってる人もいるし、ネズミ＝ビーバーなんかも……」

「ネズミ＝ビーバー！　ネズミ＝ビーバーがペットだなんて！」イルトは憤慨したが、ゲシールの目が愉快そうにきらきらしているのを見て、思わず大声になる。「そうか、ばかだな！　もうちょっとで引っかかるところだった。ま、いっか。だれも聞いていないんだし」

「さて！」と、ゲシール。「次の目的地はどこなの、グッキー？」

「次の目的地？」イルトは考えてから、「スプリンガーの《バルパンザー》。バルパンザー族長の持ち船だよ！　ほんとはスキップしてもいいんだけどね。仮面エレメントがちっぽけな商船の乗員を選ぶなんて思えないもん。でも、きちんとかたづけるために、ちょっくらよっていこう」

テレポーテーション。

ふたりが実体化したのは、布の巻き物が詰まった倉庫だった。フェロモン・デテクターのディスプレイがはげしく点滅する。

「ここだ！」イルトはいい、鼻でにおいを嗅ぐ。「レモンのにおいはしないけど、バナナのにおいがきつくて気分悪くなりそう。ここにいるのは仮面エレメント一名じゃない。ここはやつらのたまり場だ」

「バナナですって！」ゲシールがくりかえす。「全員がレモンのにおいというわけじゃなくて、ほかの果物のにおいもあるのね。デテクターの反応から判断して、かなりの数の乗員が仮面エレメントらしいわ」

「ああ、なんてこった！」グッキーがささやく。

「どうしたの？」不思議そうにゲシールが訊きかえす。

「かわいそうなスプリンガーたち！　《バルパンザー》は純粋なスプリンガー船なんだ。

わかるかい？　船名がGAVÖK部隊のポジトロン中央登録簿に記載されてる。つまり、乗員は正真正銘、スプリンガーしかいないってこと。それが仮面エレメントにとってかわったなら、かれらはどうなったのかな？」

「殺されたんでしょうね」ゲシールは深刻な面持ちだ。

「そうだよ。殺されたんだ！　スプリンガーの一氏族全員が！」イルトは深く息を吸い、デテクターのディスプレイに指で触れた。「全乗員が仮面エレメントにとってかわられたかどうか、確認しよう。もしそうなら、エネルギー発生装置をちょっとのあいだとめて、バルパンザー氏族の殺害者をみんな地獄に送ってやる」

ゲシールはかぶりを振る。

「殺害者と同じレベルで行動するのはよくないわ、グッキー。あなただってほんとはその気はないくせに」

「ないよ」イルトは答え、頭を垂れた。「だけど、なにか対抗手段を打たなくちゃ。やつら、GAVÖK部隊のなかにいる第五列なんだから」

「待って！」考えこんでいたゲシールの表情が、ぱっと明るくなった。「見破られたこと、かれらは知らないわ。十戒に打撃をあたえるチャンスよ。正体がばれていないと相手が信じていれば、こちらはにせスプリンガーを利用して、かれらの支配者である指揮エレメントに〝ゲーム材料〟をとどけさせることができるかもしれない」

グッキーの目がきらりと光る。

「そんで、カッツェンカットはスパイが〝事実〟として伝えることをぜんぶ真に受けるわけか。ゲシール、きみって天才! もしかするとぼくら、やつ自身の第五列の助けを借りて、エレメントの十戒に大惨事をもたらせるかも。そうすりゃ、敵は聞くことも見ることもできなくなる」

「そうかんたんに勝利が降ってくるわけじゃないわ、ちびさん」ゲシールはなだめる。「十戒がすっかり動転して、ペリーのシュプールにこちらを導くことになれば、わたしはそれで満足よ」

グッキーは息をのみ、

「ああ、もちろん」と、興奮からさめたようすでいった。「なにかアイデアが必要だね。だけど、まずは《バルパンザー》船内をちょっくらジャンプして、ここにいるのがほんとうに仮面エレメントかどうか確認するよ。それから《バジス》にもどって、知恵を絞ろう」

ゲシールは、かすかながらもあらたな希望を見いだし、ほほえむ。

「了解よ、グッキー。準備はできてるわ」

5　時間流からの呼び声

ゲシールとグッキーは報告を終え、聞き手の反応を待った。

こぢんまりした会議室にいあわせるのは、タウレク、ヴィシュナ、フェルマー・ロイド、ラス・ツバイ、レジナルド・ブル、ローランドレのナコール……そしてもちろん、ちいさな通信ユニットの上のほうにはつねにハミラー・チューブが存在している。《バルパンザー》乗員に関する真相の発覚については、うっかりと洩れるのを防ぐため、ほかの人員には秘密にしなければならない。

報告後、最初に沈黙を破ったのはブルだった。

「この知識によって切り札が手に入った。だが、どのように使うかについては、残念ながらわからない」

「そのとおり」と、タウレク。「さしせまって必要なのは、エレメントの十戒がアンドロ・ベータについてどんな計画を追っているのかという情報だ。矮小銀河でわれわれがおこなっているパトロールの報告によると、成果はなかった。敵の部隊はいっさい探知されていない。われわれの行動を待ってから反応しようと考えているようにすら見える」

「わたしの考えでは、敵の重要な作戦はすでにはじまっているわね」ゲシールが口をはさむ。「理由なく夫を拉致したわけじゃないわ。こっそりとなにかが進行している……それがなにか、探りださなければ。新しい事実に不意をつかれないために」

ロイドが咳ばらいして、考えていることを口にする。

「十戒がとほうにくれているという可能性はないだろうか？　アンドロ・ベータにおける終わりなき戦争に、マークスとテフローダーを巻きこむという計画が失敗したものだから」

「ないわ。ペリーを使って、長期的に準備した秘密の計画を実行している気がする」ゲシールは説明する。「なぜかはわからないけど、とにかくそう確信しているの」

「信じていいと思う」と、ナコール。「ただ、情報がたりないので、どこから着手するべきかわからない。わたしとしては、グッキーとフェルマーが《バルパンザー》の乗員をテレパシーで監視することを提案したい」

「仮面エレメントは正体を明かさないよ」ネズミ＝ビーバーが興奮して抗議する。「《バルパンザー》にいるやつら、もとのスプリンガーとまったく同じ思考をしている。やつらがコピイするのは犠牲者のからだだけじゃないからさ」

「それでも、わたしもテレパシー監視に賛成よ」ヴィシュナが口をはさむ。「いずれはカッツェンカットがメンタル・コンタクトしてくると思う。グッキーやフェルマーのような優秀なテレパスなら、このメンタル活動をキャッチできるはずだわ」

「どうしたものか」ブルは決めかねている。

「やるべきよ！」ゲシールがエネルギッシュにいった。「グッキー、フェルマー、この任務を引きうけて！　ラス、あなたはブルとともにGAVÖK部隊のほかの船にテレポーテーションするのよ、フェロモン・デテクターを持って！　仮面エレメントがほかの場所にも潜入したか、したとすればどこか、知る必要があるわ。ヴィシュナとタウレクにもお願いしたいの。ハミラー・チューブと協力して、仮面エレメントの本性を引きだすためのありとあらゆる作戦行動をチェックすること！」

「なんの手がかりもなしにか？」タウレクはいぶかしげな表情をしている。

「そうだな」と、ツバイ。「具体的な手がかりなしの活動は、塩気のないスープと同じで、もっとも重要なものが欠けることになる」

「試行錯誤でいろいろやってみるしかないわ」ゲシールが応じる。「なにかしなくてはならないもの」

「そのとおり！」レジナルド・ブルが感心しながら同意する。「われわれ、ゲシールの命じるとおりに行動しよう」

「命じる？」ヴィシュナが皮肉まじりに訊きかえす。

「そうだ」ブルはいい、ゲシールに向かって共犯者めいた目くばせをした。

「ペリーが拉致されたからには、だれかが指揮をとらなければならない。ゲシールが引きうけてくれてよかった。わたしは、いまや彼女にしたがう。つねにペリーにしたがったように」

同意をしめすつぶやきが高まる。

「夫の代行をするつもりはなかったの」ゲシールは当惑顔だ。「じつのところ、ちょっぴり活を入れようと思っただけ」

「とてもうまくいったよ」グッキーが請けあう。「でぶがいうように、だれかが指揮をとらなくちゃ。責任の重荷を背負うのはぼくらみんなで助けるけど、決断をくだすのはきみだ。それとも、責任をにないたい者がほかにいるかな？」

「ゲシール以上の適任者はいないと思う。みんながてんでに話して、力がちりぢりになりかねなかったとき、主導権を握ったのだから」と、アルマダ王子。

ヴィシュナと視線をかわしたのち、タウレクがいった。

「それでいい」

「そんなにいってもらって、いいのかしら？」と、ゲシール。

「もちろん！」ブルは声を高めた。「全員、それぞれ任務はわかったな。とりかかってくれ、諸君！」

「じゃ、わたしは？」ローダンの妻はとほうにくれたようすだ。

「いちばん重要なことを、もうしたではないですか」ブルは笑顔を向けた。「つまり、みんなに任務をあたえた。こうしましょう。あなたはペリーにならって、しばらくキャビンでゆっくりと考えてはどうです」

ゲシールはため息をついた。

「あなたがいなかったら、わたし、どうにもできないわ、ブリー」

赤毛のテラナーは強くかぶりを振り、

「その反対です。あなたがいなかったら、われわれは迷子の群れですぜ」と、いってツバイに歩みより、手をさしだす。「さ、行こう、ラス！」

数秒後、会議室にはゲシールひとりとなった。当然のように夫の役割をになったことで、非常に重大な一歩を踏みだしたのだと、いまになってぼんやりとわかってきた。ブリーが機先を制しなかったのはなぜか、不思議に思う。あの男の人格や気性のはげしさを考えると、そうするのが自然だったのではないか。とくにかれにとっては、過去に何千回となく、しごく当然のようにおこなってきた手順をくりかえすだけなのだから。

会議室を出て搬送ベルトに跳び乗り、もよりの船内転送機に運ばれるあいだに、ゲシールは考えた。ブリーの行動は責任をまぬがれるためのものではあるまい。だいたい、それはかれの性質にまったくそぐわない。かれがそうしたのは、目前の任務がわたしにこなせると確信したからだと思う。自分にはその確信はないけれど、進みかけた道を引きかえすのは性に合わない。

彼女は物思いに沈んだまま、転送ステーションに足を踏み入れ、キャビンの前に出た。ここで夫とともに暮らしている……そう考えたのち、〝暮らしていた〟だと心のなかで訂正し、悲しい気持ちになる。

ハッチが閉じたとたんに、それまで駆動力となっていたエネルギーがからだから文字どおり流出していった。目がかすみ、手探りでひろいリビングのソファに向かう。何度もペリーとよりそったソファにすわり、脚を胸に引きよせて腕で膝をかかえ、ぽろぽろと涙を流した。

「ああ、ペリー！」夫の声が聞こえたような気がして、思わず小声でいう。「なぜそばにいないの？　あなたをどれほど必要としているか、わかっていないのね！」

「わたしもきみが必要だ、ゲシール」ペリーがささやいた。

彼女はしゃくりあげた。幻聴によって、心痛と憧憬《しょうけい》が何倍にもふくらんでくる。

「幻聴なんかじゃない！」夫のささやき声。

電気ショックを受けたような気がした。矛盾する感情と思考の嵐が荒れ狂い、畏怖のようなものを感じて頭をあげる。

目の前になにを期待しているのか、自分でもわからなかった。奇蹟を信じたことはないし、ぜったいに起こるはずがないと考えているものはたくさんある。そのため、数歩はなれた場所に夫が立っているのを見たとき、とっさに自己暗示だと思った。

いや、立っているのではない……床から数ミリメートル上を浮遊している！ 自己暗示という考えは飛散した。夫が目の前に立っているのなら、ただの思いこみということもあるだろう。でも、浮遊しているところを思い描くなんて、ありえない。自分は人生の現実に執着しているのだから。

それなら、プロジェクション？

目を閉じ、すぐにまた開く。夫のプロジェクションのななめうしろに、ヒューマノイドに近い生物の姿が見えた。からだははっきりせず、輪郭のないダークグレイの幻影のようだ。この亡霊めいた姿に対して、プロジェクションという考えはもはや意味を持たなかった。

「きみを誇りに思う、ゲシール」と、夫がいった。

「誇りに……わたしを？」女特有の反抗心が目ざめかけたが、夫への心配が強く、すぐに消えた。「ペリー！ ほんとうにあなたなの？ ぐあいは？ わたしになにかできる？」

自分でも気づかずにソファから滑りおりる。だが、説明のつかないためらいがあって、それ以上ペリーに近づくことができない。

「わたしはだいじょうぶだ」ペリー・ローダンがいった。「わたしの横に幽霊のようなものが見えても驚くことはない。友のニゼル、時間巡回者だ。かれが十戒の力からわたしを解放してくれた。もどってくることもできるのだが、その前に重要な任務をはたさなくてはならない……そのとき、きみに手を貸してほしい」

完全に自制心をとりもどしたゲシールは、よろこびと安堵の強い感情に満たされた。ペリーは危険を脱し、助けてくれる友を見つけたのだ。自分が夫に手を貸すというのはあたりまえすぎて、考えることもしなかった。

「ハロー、ニゼル!」と、呼びかけ、〝幽霊〟に向かってうなずく。

風のささやきのような言葉が〝ジュノルム〟と響いたような気がしたが、夫がまた話しはじめた。ひと言も聞き洩らさないよう、気持ちを集中させる。

「ツーノーザーにかかわる任務だ」ペリーが強い口調で語る。「かれらを潰滅から救わなければならない。それが起こったあとに」

「ツーノーザー!」ゲシールはおうむがえしにいった。

どちらかというと断片的な報告によって形成された個人的想像が、心の目にうつしだされる。ほぼ人間大のヒューマノイド型生物。肌の色は白く、二本の脚と二本の細い腕。顔にはゾウのような鼻が二本と、ナコールの目に似た大きな複眼がひとつ。と、不思議なことに、最初は白かった鼻が青くなり、さらに赤くなった。色はたえず変化して、ゲシールは困惑させられる。

「この種族の歴史や滅亡については、あとで記録を調べればいい」夫が先をつづける。

「旧暦二四〇二年、島の王たちがエネルギー過負荷状態のモビーの助けを借りてツーノーザー種族を滅亡させた。時間パラドックスを起こさずに、これをなかったことにしなくてはならない。ニゼルとその同胞が手を貸してくれるが、より困難な仕事である準備作業のほうを、きみたちにしてもらいたいのだ」

ゲシールはもう一度ニゼルの亡霊に似た姿を観察してから、深く息を吸いこむ。

「なんとかするわ……たとえアンドロ・ベータを引っくりかえすことになるとしても、ペリー」

「それよりも、やや困難だ」と、ペリーが説明する。「ツーノーザー二百億名を収容する宇宙船を用意してほしい。同時に、アンドロ・ベータで酸素惑星を探しだし、準備をととのえるのだ。ツーノーザー二百億名を救出後、そこに住まわせる」

「二百億名！」

酸素惑星ならどこでもいいというわけにはいかないのだ。そう思うと、ゲシールは頭がくらくらした。居住地とエネルギー供給が必要だし、食糧や消費財を持続的に大量生産する施設もいる。数千もの産業コンビナートを使って組み立てや搬送をおこなうことが前提だ。想像を絶する量の原材料、製品や半製品の調達、その長距離輸送もある。荷積み、分配、製造にあたる多数の作業ロボットが必要になるだろう。これらすべての調整を、数千の高性能ポジトロニクスにさせなければならない。

「きみの考えていることは想像できる。とてつもなく大きな任務だ。だが、きみなら解決できる。きみが銀河系船団や無限アルマダの指揮を引きうけ、決然とエネルギッシュに指示をあたえるようすを見ていたのだ。

すまないが、これだけじゃない。ほぼ千六百年前に破壊されたツーノーザーの居住惑星の残骸をひろい集めて、かれらが最初に収容される各宇宙船に輸送しなくてはならない。かれらを現在時に移動させるには残骸の時間シュプールを使うしかないので、これは必須なのだ。

それでもせめて、残骸とツーノーザーを収容する宇宙船をどこで得たらいいかというヒントはあたえることができる。無限アルマダにミイラ艦隊と呼ばれる部隊があるのだ。アルマダ第九一九部隊で、ほぼ二十万隻からなる。この部隊のポジションは、アルマダ中枢にたずねればいい。艦は無人といわれているが、かならずしもそうとはいえない。というのも、無限アルマダはアルマディストの指揮下にない宇宙船を容認しないからだ。したがって、アルマディストの地位を持つ生命体が艦内に存在するはず。細心の注意をはらって接近したほうがいいだろう」

「二十万隻ですって？」ゲシールはパニックにおちいりそうになる。「いったいどうやってそんなにたくさんの艦を集結させ、設備をととのえればいいの？　しかも危険な生命体がなかにいるかもしれないのに」

「とてつもない任務だということはわかっている」夫が応じた。「だが、克服できなければ敗北に等しい。それは、コスモクラートの使命におけるわたしの努力の終わりを意味する」

「コスモクラート！」ゲシールは反射的にくりかえす。「この謎めいた未知者にあとどれだけ振りまわされるの？　かれらはなぜ自分たちの関心事を自分たちで解決しないの？」

「これはわれわれの関心事なんだ」夫は辛抱強く妻をさとす。「すくなくとも、表面的には。コスモクラートの存在のどこまでがそれにかかっているのか、宇宙の進化がポジティヴな前兆のもと、またはネガティヴな前兆のもとに進行するのかといったことは、わたしにはわからない。知ることもないだろう。わかっているのは、闇の勢力が勝利すれば、いま存在する文明はことごとくカオスに沈むということだけだ」

「コスモクラートがそういったの？」ゲシールはくいさがる。「でも、どうしてそれが真実だってわかるの、ペリー？」

「すべてが相対的なところに〝ほんとうの〟真実は存在しない」夫が答えた。「しかし、未来は未定だ。われわれはコスモクラートのしめす道を進むか、エレメントの十戒がしめす道を進むか、決めなければならない。それはかんたんだろう」

「ええ、そうね」ゲシールは認めた。「残念ながらわたしたちの力には限界があるけれど、約束するわ。ツーノーザー救出に協力するために、わたしにできることはなんでもする」

「助かるよ！」ローダンが応じる。「だが、話はまだ終わりじゃない。時間巡回者たちは重大な支援をしてくれるが、見返りを要求している。クロニマル、つまり時間エレメントの解放を可能にすることだ」

「それほどかんたんなことはないわ。時間エレメントを罠におびきよせることさえできれば……」ゲシールは皮肉をこめていったのち、目を大きく見開く。「《バルパンザー》よ！　にせの乗員の助けを借りてカッツェンカットを出しぬくやり方が、ついにわかったわ。すくなくとも、ぼんやりと想像できる」

「《バルパンザー》？」と、ペリー。「名前からしてスプリンガー船だな。その船がどうかしたのか？」

「全乗員が仮面エレメントなの」ゲシールは応じる。「ジェフが構築したフェロモン・デテクターを使ってグッキーとわたしが確認したわ」

「スプリンガーはどうなった？」夫が思わず訊く。だが、すぐに気を落とし、「よけいな質問だった」と、いいそえた。「でも、そのアイデアは悪くない。仮面エレメントを通してカッツェンカットに〝ゲーム材料〟をもたらすというわけか。それならば、十戒がそのことを知るチャンスがないように、救出計画のポイントをだれにも話してはいけない。もちろん、きみたちの任務はやりにくくなるかもしれないが、それでもだ。敵の持つ可能性をあなどることはできない。きみの精神的負担は増大することになるが、耐えられる自信はあるか？」

「ほかにどうしようもないもの！」ゲシールはそっけなく応じる。「あなたになにがあったのか知らなかったときのことにくらべたら、ほかはみんな、たいしたことないわ」

「それはそれは！」ローダンは照れたようにいい、「では、きみにまかせる。実際の救出作戦がはじまる前にもう一度、連絡をとるつもりだ。きみは驚くべき女だと、だれかにいわれたことがあるかな？」

ゲシールはにっこりした。

「ええ。たしか、どこかにいる向こうみずのテラナーだったと思うわ。宇宙一魅力的な男だけど、想像するかぎり最悪の奴隷使いね」

だれかが笑っている。だが、夫かどうかはわからない。〝トルケリグ〟と聞こえたような気がしたあと、ペリーと幽霊のような同行者の姿はぼやけて消えた。

ゲシールはソファに身を沈めた。くたくたに疲れていたが、しあわせな気持ちだった。たったいま聞いたことが頭を領している。夫が音響的に話したのか、メンタル・コミュニケーションを使ったのかもわからない。でも、そんなことはどうでもよかった。かれは生きていて、主導権を握っている。重要なのはそれだけ……いずれにせよ、いまのところは。かれに負わせられた責任の大きさは、思考回路がなかば麻痺した彼女の頭には理解できなかったから。

6　ミイラ艦

「アルマダ第九一九部隊はかつてテルトレク人がひきいたアルマダ部隊です」ローランドレにハイパーカムをつなぐと、音声とテキストが同時に伝えてきた。「テルトレク人は標準年で一万七千年前ほどに滅亡しました。原因は不明。部隊を構成する二十万隻はミイラ艦と呼ばれています」

ゲシールとナコールは、アルマダ中枢から送られてくるコンピュータ音声に耳をかたむけている。新オルドバンと呼ばれるこの共同体生物はウェイデンバーン主義者十万人がひとつに融合したもので、ローランドレの指揮所すべてに分配され、銀色人を打ち負かして以来、そこを統制している。分配されていても統一体としてあつかわれ、通常はペリー・ローダンおよびナコールの指揮下にある。ローダンが拉致されたあとは、アルマダ王子がやむなく単独でローランドレの管理にあたっていた。

「だれが滅亡したテルトレク人のあとを引き継いだの？」ゲシールがたずねた。

「不明です」アルマダ中枢が答える。「それについての情報は保存されていないので」

「いずれにせよ、アルマディストのはず」アルマダ王子が確信をこめていった。「アルマダ炎を通じたきみの操作に対して、どのように反応している？」

ゲシールは思わず、ナコールの頭上ぴったり二十センチメートルのところにあるむらさき色の光球に目を向けた。これもアルマダ炎だが、ローランドレすなわちオルドバンの道具となったことはない。ナコールはつねに自由意志で行動する。かれ自身、自分のアルマダ炎は自我を持つといっていた。

「ほかのアルマディストと同じです」ローランドレが応じた。

ナコールの顔の大部分を占める、まるみのある大きな複眼がルビー色のきらめきを増す。

「それではフィードバックがあるのだな。そこから、該当するアルマディストの性質を推察できないのか？」

「これまでおこなわれたその種の試みはすべて成果なしです」ローランドレが応じる。

「それじゃ、こっちで調べるしかないわね」ゲシールが決然といった。「第九一九部隊は、無限アルマダ内でどの位置にあるの？」

「中央前部領域・側部二百四セクターです」

「どのあたりか、わかる？」ゲシールがアルマダ王子に訊く。

ローランドレのナコールはいっしんに考えてから、

「ああ。いま思いだしたんだが、当時のアルマダ反乱軍と部隊を組んでそのセクターを縦断したことがある。ミイラ艦はダークグレイの巨大な独楽《こま》状で、艦隊はわりと密集したフォーメーションで航行していた。近くにいたのは、パーチューン人、クサヴラント人、イブルン人、シフゼ人のアルマダ部隊だ。各部隊とも、第九一九部隊とはかなりの距離をとっていた。不思議に思ったが、その理由を突きとめる時間はなかった。トルクロート人の強力な部隊から退却するところだったから」

「その件については記録があります」アルマダ中枢が告げる。「反乱軍の宇宙船三十隻がトルクロート艦三百隻に追われ、突然に潜伏した、と」

「当然だ。でなければ、潰滅していただろう」ナコールは笑顔で説明してからゲシールに向きなおる。「ミイラ艦隊の旗艦を拿捕《だほ》して徹底調査したらどうだろうか」

ゲシールはうなずいた。

「手配してちょうだい！ グッキーとわたしが作戦にくわわるわ」アームバンド・クロノグラフに目をやり、「でも、その前に《クロテシュク》のグレク1、それにセラ・ドクレトと話さなければ。タウレクとヴィシュナが《シゼル》で迎えに行ったわ。ね、〝天使の舌〟ってなんのことか知っている、ナコール？」

「見当もつかない」アルマダ王子がいった。

「文字どおりじゃないのよ」ゲシールが説明する。「天使のように雄弁に相手を説得するという、テラの慣用句。わたしはこれから半時間、天使の舌を使って話さなくては」

＊

「探知！」スペース＝ジェット《テリア》が通常空間にもどったとたん、ケヴィン・マッキントッシュがいった。「カウントはいまも進行中ですが、宇宙船の数は非常に多く、すべてダークグレイで独楽形、それぞれ七機の大型グーン・ブロックを装備しています。大きさはまちまちですが、先導するのはこのタイプでもっとも大きい艦で、上底直径二千四百三十三メートル、下底直径三十・一六メートル」

キャノピー内側にミイラ艦隊の探知映像がフェードインでうつしだされたとき、ゲシールは思わず息をのんだ。えもいわれぬ不気味さと脅威が実際に感じられる。もっともそれは、この部隊がアルマダ艦隊にはめったに見られない密集隊形で航行しているためかもしれない。隣接するアルマダ部隊の探知リフレックスは、三ないし五・五光時の距離にかすかに見えるだけだ。

ローランドレのナコールが探知制御を切り替えると、スクリーンにはミイラ艦隊の先導艦が局所拡大でうつしだされた。アルマダ第九一九部隊のほかの艦や、隣接して移動するアルマダ部隊の大部分と同じく、自由落下状態だ。アンドロ・ベータの全体像に対し、五百八十キロメートル毎秒で相対移動している。上面は大きなグーン・ブロック三機のほかはたいらで、全体の進行方向に対してななめを向いている。

「字が書いてある！」グッキーが声高にいい、拡大映像をさししめす。「エメラルドグリーンだけど、すごくちっちゃいな」

「艦名だ」と、ナコール。「〝ドドンカーク〟と読める」

ゲシールはわけもなく戦慄をおぼえた。思わず、銀河系船団とGAVÖK部隊の艦船を探すが、もちろんなにも見えない。《テリア》は無限アルマダの中央前部領域にあり、側部二百四セクターは、はてしなくつづくように思われる巨大艦隊の……外から見ると……四十光年〝下〟に位置する。無限アルマダ全体のひろがりは、人間の想像力をよせつけない。

「われわれ、いま《ドドンカーク》から半光秒の位置にいます」マッキントッシュが告げる。「もっと接近しますか？」

ゲシールはずんぐりした背の低い操縦士を横から見た。この任務に志願した候補者三百名のなかから、ハミラー・チューブによって選ばれた男である。どのような基準で選考したのか、ローダンの妻は知らない。調べる時間がなかったのだ。グレク1およびセラ・ドクレトとの話し合いは過酷で力を消耗させるものだった。彼女の要求を聞いたマークスと女テフローダーは、頭がどうかしていると決めてかかった。彼女とともにレジナルド・ブルとジュリアン・ティフラーが、財政面および物資面については宇宙ハンザとLFTが補償すると約束したことにより、やっと状況が好転してマークスとテフローダーの同意が得られたのだった。

さっそくマークスとテフローダーの船団がアンドロ・ベータおよびその周辺に向けて出発し、酸素惑星の探索や〝輸送ブリッジ〟の建築に着手することになった。アンドロメダとその周辺の小銀河、さらにアンドロ・ベータ星雲内をつなぐものだ。《テリア》の現ポジションからは、それらはもちろん認識できない。

「スペース＝ジェットを《ドンカーク》上方に向けるんだ！」アルマダ王子がマッキントッシュの質問に応じる。「応答がなければ無断で接舷せよ！」

スペース＝ジェット内の全通信システムをオンにして間断なくミイラ艦に呼びかけているが、まだなんの応答もない。だが、ほかのすべてのアルマディストと同様、アルマダ中枢によるアルマダ炎の操作に反応するからには、艦内にアルマディストの地位を獲得した生命体がいるはずだった。

「なにか不安があるの、ケヴィン？」ひらめくものがあってゲシールはたずねた。

マッキントッシュはいぶかしげに彼女を見る。かれはまるい顔と耳に垂れる赤い巻き毛から、テラで見かける金の天使の模造品に似たところがある。しかし、〝おろし金ヴォイス〟と呼ばれる低いがらがら声とまじめくさった表情のせいで、その印象は見せかけだけに終わっていた。

「いえ、判明している不安はありません」かれは感情の動きをいっさい見せずに答えた。

ゲシールは曖昧なしぐさをしてグッキーのほうを向く。彼女の横の成型シートにすわるグッキーは、精神を集中させている。

「思考インパルスはゼロ」イルトは無言の質問に答えた。

「だからといって有機生命体がいないとはかぎらない」ナコールはいったが、不要なコメントだった。思考をプシオン性の知覚によって読めない生命形態が無限アルマダに存在することは、だれもが知っていたからだ。

スクリーンの映像は拡大され、ミイラ艦隊旗艦の上部だけがうつっている。長く宇宙塵《じん》に浸食されつづけた、直径二・五キロメートル弱のダークグレイの表面に、グーン・ブロックの黒い箱が死んだ怪物のようにくっついている。動きはないが、それは宇宙船が自由落下状態にあるからにすぎない。

「接舷する！」アルマダ王子が決定した。「上部中央に直径三メートルのエアロックがある。そのそばにとめてくれ、ケヴィン！」

操縦士は同意をしめすと思われる短い音声を発してから、慣れた手つきで操作した。スペース＝ジェットを《ドドンカーク》の動きに前もって調整してあったので、いともかんたんに見える。着陸脚がスムーズに接舷し、エネルギー・フィールドによって固定された。

「徒歩で行く」ナコールはネズミ＝ビーバーのほうを見ながら指示を出す。

「外にジャンプするくらい、いいじゃんか！」イルトが口を尖らす。「なにも起こりっこないんだからさ」

「きみの切り札のひとつを先に見られることになるぞ」アルマダ王子が真顔で応じた。

「そういうこと」マッキントッシュは同意してスイッチを操作する。「あとはネッシーにまかせます」

「ネッシー？」グッキーはおうむがえしにいい、むせそうになった。ナコールとゲシールの反応を見ようと振り向くが、ふたりとも知らない名前らしい。グッキーの期待は満たされなかった。

アルマダ王子は甲冑に似た宇宙服をいつものようにチェックし、マッキントッシュ、グッキー、ゲシールはセラン防護服を確認する。

「準備完了！」やがてナコールがいい、同行者たちに問いかけの視線を向けた。「出発しよう」

ゲシールとマッキントッシュはうなずく。

「ケヴィンは搭載ポジトロニクスをネッシーと呼んでいるのね」ゲシールはそういうと、グッキーに、「あなたのセランもいい？」

「問題なし」ネズミ＝ビーバーはむっとして答えると、ヘルメットを閉じて同行者にしたがった。

＊

外側ハッチが開くと同時に照明のついたエアロック室を眺めながら、ナコールは思いをめぐらせた。

ここまではなんの問題もなかった。エアロック・ハッチのエレクトロン錠は、暗号コードによって非権限者から防御されている。だが、アルマダ王子はアルマダ中枢に権限者と認証されたときからコマンド・アームバンドを携帯している。それを使って全域共通コードを入力すると、すぐに反応があった。アルマダの自動装置がナコールの命令に対して無条件にしたがうことに驚く者はもういない。記憶の重要な部分をとりもどし、オルドバンがある意味でおのれのなかにいまも生きつづけていることを意識するようになって以来、アルマダ中枢はかれの意志のリズムで動いているのだ。

それでもなお、同行者たちが自分に期待をよせているのはわかる。かれは心のなかで活を入れ、エアロック室に足を踏み入れた。ゲシール、グッキー、マッキントッシュがそれにつづく。外側ハッチが閉じ、しゅうと音をたてながら空気が流入した。

「純粋な窒素分子です」マッキントッシュは、セラン防護服のコンピュータ・システムがヘルメット内側に投影する値《あた》いを読みあげる。「温度摂氏二十度、上昇中」

コメントする者はいない。耐圧ヘルメットを開けてはならないということ。いや、それだけではない。エアロックが窒素分子に満たされたという事実から、既知の方法で呼吸する生物は船内に存在しないと推察される。なぜなら、知られているかぎり、窒素はあらゆる呼吸と燃焼の妨げになるからだ。さらに非常に反応が鈍いため、一般には電子機器、すなわちポジトロン・システムの環境として好まれる。

温度は二十四度まで上昇したところでとまり、同時に内側ハッチが開いた。

「異状はないか、ネッシー？」マッキントッシュはヘルメット通信機を通して《テリア》搭載ポジトロニクスに呼びかけた。

「変わった出来ごとはありません」ネッシーが報告する。

四名はハッチの奥の通廊に足を踏み入れた。淡いグリーンに照明された通廊は幅四メートル、高さ三メートルで、下り坂になっている。宇宙船内の重力は防護服のセンサーによると一・四Gだが、これだけでは現在および過去の乗員たちの外見や構造はわからない。

五十メートルほど進むと通廊は内側に折れ、しばらくするとらせん状に下に向かっていることが判明した。

「反重力リフトはないね」グッキーが断定する。「宇宙船の高さっていうか、長さはどのくらいなの、ケヴィン？」

「ぴったり三千九百七十七メートル」操縦士は答え、はっとして、「空気が変化した。酸素濃度が急に十一パーセントにあがりました」

　ゲシールがヘルメット内側の数値を読み、

「十二パーセントね」と、訂正した。

「そうです。でも、さっきまで十一パーセントでした」マッキントッシュが応じる。

「もう十三パーセントになったよ」と、グッキー。「酸素濃度が高まる一方で窒素濃度がさがっていくね」

「そんなこと、思いつかなかったな！」マッキントッシュがからかうようにいったとたん、足をとられて転びそうになった。恨めしそうにイルトを振りかえる。

「重力も変わった」と、ナコール。「一・一Gだ」

「完璧なサービスだわ」ゲシールがいうと、

「宇宙船がぼくらのニーズに合わせてるってことかい？」グッキーが訊きかえす。

「そのようだ」アルマダ王子がゲシールにかわって答えた。「現在の空気組成は窒素七十八パーセント、酸素二十二パーセント」

「重力はぴったり一Gだわ」と、ゲシール。

「そっちはいまも異状ないか、ネッシー？」マッキントッシュの質問に返事はない。ミニカムに切り替え、「ネッシー？」と、呼びかける。だが、スペース＝ジェット搭載ポジトロニクスは、ハイパーカムを使った交信にも、ゲシール、ナコール、グッキーがテレカムとミニカムで交信を試みたときも、やはり反応しなかった。

「引きかえして《テリア》のようすを見てきたほうがいいかも」マッキントッシュが提案すると、

「ぼくにまかせて」と、グッキーがいい、すぐに消えた。

「テレポーテーションを使うべきではないのに」ナコールが腹だたしげにいう。

と、イルトがふたたび実体化した。

「スペース＝ジェットがなくなってる！　あとかたもなく消えちゃった！」興奮して叫ぶ。

「ちゃんと見たんですか？」マッキントッシュが質問する。

「なんだい、ぼくの目が節穴だってのかい？」イルトは叱りつけた。

「スペース＝ジェットを盗もうとした者がいれば、ネッシーは警報を出したはずなんで」操縦士は応じる。

「盗もうとしたんじゃなくて、盗んだんだってば」グッキーが説明する。「これが敵対的行為じゃなかったら、箒《ほうき》を食ってもいい。できることなら宇宙船をちょっくらばらしたいな」

「あくまでも慎重に行動する！」アルマダ王子が警告し、コマンド・アームバンドをオンにした。「理にかなった説明があるはずだ」

「ネッシーに警報を出させることなく《テリア》を消滅させた者がだれであろうと、そいつはわれわれを消すこともできるはずです」と、マッキントッシュ。「退却して支援を呼んだほうがいいんじゃないですか」

「それが妥当でしょうね」ゲシールが応じる。

「妥当だって！」ネズミ＝ビーバーがわめき声を出す。「これまで妥当に行動してきたじゃんか。その見返りがこれだっての？　同意なんかできないよ。ミイラ艦では断固とした処置をとらなくちゃ。前に《ハイセルケイル》に入ったときだって、もしなにもしなかったら、ぼかあ生きたまま食われてたんだぜ。ここにも司令室はあるはずだから、ちょっくら暴《あば》れてくる。それからようすを見よう」

気持ちを集中させて一瞬消えたが、すぐにまたあらわれた。不思議そうにきょろきょろと見まわす。

「どうしたの？」ゲシールがたずねる。

「司令室に実体化すると思ったんだけどな」イルトが小声で答えた。

「痛みとか、ほかの副作用はあるか？」ナコールが訊く。

「ないよ。弾き飛ばされるとかいったこと、なんにも感じなかった。ただ、テレポーテーションしようと思った場所に行きつかなかっただけ」グッキーはそこで甲高《かんだか》い声になる。「でも、さっきまで完璧に機能していたのに」

「退却しましょう」ゲシールが決定する。

「待ってくれ！」アルマダ王子はコマンド装置をさししめす。「ローランドレとメンタル・コンタクトをとった。アルマダ中枢は、アルマダ炎を通してここのアルマディストに対する影響力を握るつもりだ」

「あれ、ケヴィンはどこに消えたのかな？」グッキーが周囲を見まわす。

「テレパシーで探知できないの？」と、ゲシール。

「ぼく、なんにも使えなくなっちゃった！」グッキーはいきりたっている。「テレポーテーションも、テレパシーも、テレキネシスも！」

「ケヴィンは退却したのよ」ゲシールは推察する。「最初にいいだしたのはかれだもの。かれをひとりにはできないわ、ナコール」

「アルマダ中枢によると、われわれに危険はない」ナコールがいった。

ゲシールはかぶりを振り、かれの腕をつかむ。

「ケヴィンをひとりにはできないっていってるの。あなたはアルマダ王子かもしれないけど、この任務の指揮はわたしがとっているのよ」と、断固とした口調で告げた。

「わかった」ナコールはおだやかに引きさがる。「ケヴィンを追おう」

ナコールとゲシールが向きを変えて通廊を急ぎ足でのぼりはじめると、ネズミ＝ビーバーはセラン防護服にそなわるグラヴォ・パックをオンにした。必死で脚を動かすのはいやだったから。だが、いまいましいことに装置は機能しない。それでも、グッキーの性質からして欲求不満が長くつづくことはない。かれはこのとき、困難を持てあましそうになるとたいていする反応をした。前に向かうことにしたのだ。ゲシールとナコールを追わずに、反対の方向に歩きだした。

＊

「ケヴィンは宇宙船を出たにちがいないわ」アルマダ王子とともに内側ハッチの手前まできたとき、ゲシールがいった。

「問題は、どうやって出たのかだな」ナコールが応じる。「ハッチはびくとも動かない……しかも、ケヴィンはわたしと違って全域共通コードを送信できない」

「出られないの？」ゲシールはぎょっとした。ネズミ＝ビーバーの姿が見えないことに気がついて、恐怖はさらに強まる。「グッキーも消えたわ。助けを呼ばなくては」ミニカムをオンにして感度を最高に調整し、無理やり気持ちをしずめて呼びかけた。「こちらゲシール！　これを受信した銀河系船団およびGAVÖK部隊の宙航士は応答を！」

じっと見つめていたナコールは、彼女の顔に失望があらわれたのを見て、なだめるように説明した。

「われわれが十時間たってももどらない場合、《バジス》で追跡するよう、ウェイロンにたのんである。ミニカムで《バジス》またはほかの宇宙船に呼びかけてもむだだろう。距離がありすぎるから」

「十時間」ゲシールはあきらめの思いで応じた。「それまでになにがあってもおかしくないわね。なぜ、アルマダ中枢に支援をもとめないの?」

「アルマダ中枢は、この状況でさしせまった危険はないと判断している。アルマダ炎による操作がうまくいったらしい。ほんとうならこの表明を信頼できるはず。だが、わたしのなにかが胸さわぎをおぼえる……」ナコールはふと笑みを浮かべた。「ペリーのいいそうなことだが」

「ペリー! もしかすると、時間の外側からわたしたちを観察しているのかも」と、ゲシールはため息をついてから、かぶりを振った。「まさかね。かれにはすることがたくさんあるから、わたしたちのことなんてかまっていられないわ」それから身を引きしめて、「まだ攻撃されたわけじゃないけど、なにもしないでぼうっとしているわけにはいかない。グッキーは宇宙船の奥に向かっておりていったのね。あとを追いましょう。かれのいうとおり、司令室があるはずだもの。謎が解けるとすれば、そこしかないわ」

「了解」アルマダ王子が応じる。

時間を節約するためにグラヴォ・パックのスイッチを入れるが……すこし前のイルト

の場合と同じく、結果はネガティヴだった。ほかに方法がないので、生まれつきそなわった移動手段を使うことにする。

通廊はらせん状のため、道のりは文字どおり非常に長い。そこでふたりはグッキーとマッキントッシュへの心配に駆られるようにして、軽快に走りだした。それでも目的地まで半時間強かかり、堅牢な印象をあたえるハッチのところで通廊は終わった。アルマダ王子がコマンド・アームバンドを使うより先に、ハッチが開く。

ふたりの目の前にあるのはドーム形の空間で、十五メートルの高さで丸天井になっている。反対側に第二のハッチがあり、そこまでの壁には制御コンソールがびっしりと隙間なくならんでいた。その上部の壁は巨大なスクリーンになっていて、ホログラム映像がうつしだされている。軽く波打つ草原風景だ。灌木《かんぼく》や木がところどころに生え、ライトブルーの空に無数のちいさな雲が斑点のように浮かんでいる。どこからともなく小川の水音が、定義しがたいほかの物音にまじって聞こえてくる。

「グッキー！　ケヴィン！　どこにいるの？」ゲシールが大声で呼びかける。

説明のつかない物音は完全にやみ、ネズミ＝ビーバーがよちよち歩いてきた。ホログラム映像から抜けでてくるように見える。身につけているのは生まれながらの毛皮だけで、ひと束のかじりかけのニンジンを手に持っていた。

「セランがおだぶつになっちゃった」かれは〝裸でごめんね〟と詫びてから、ニンジンを一本牙の下に押しこむ。またしても物音がしたが、こんどはかんたんに説明がついた。牙でかじる音に、ほんのすこし舌鼓がまじっている。おいしいのだろう。

「わたしの宇宙服の装置も機能しない」と、ローランドレのナコール。

「わたしのセランも」ゲシールは小声でいい、ヘルメット内側に投影された赤い警告ランプを見てぎょっとした。「でも、ここで脱ぐわけにいかないわ」

「ヘルメットをうしろにたたんだらどうかな」ナコールはいい、そのとおりに行動した。

「すこしのあいだならね」と、グッキー。

ゲシールもヘルメットを開き、慎重に息を吸いこむ。空気はおだやかでかぐわしく、気になるようなにおいはない。

「ケヴィンはどこかしら？」と、グッキーにたずねる。

「ここのどっかにいるよ」イルトは曖昧に手を動かす。「かれを探すのはよしたほうがいいぜ、ゲシール。アダムの姿だからさ……それもスコットランド風の」

「スコットランド風？」ゲシールは意味がわからず、おうむがえしにいった。

グッキーはうれしそうにニンジンをほおばりつづけている。

「イチジクの葉とかなしに」はっきりしない説明だ。「コンタクトを調和させるためにはそうすることが不可欠だとかなんとかいってるけど、ぼくが思うに、スコットランド人特有のけちをかくそうとしてるんじゃないかな」

「全裸ってこと？」ひどく驚いたゲシールは大声でいい、すぐに声音《こわね》を変えた。「グッキー、わたしたちがミイラ艦内にいることを忘れたの？　スペース＝ジェットが消えたばかりか、ほかにも奇妙なことが起こっているのよ。これでもひかえめにいってるんだけど。それとも、あなた、何者かの影響下にあるの？」

「スコットランド人の影響さ」イルトは応じた。「とにかく、ぼかあこれまで、コンピュータ調教師にいわれたとおりにしてきた。けど、かれのバグパイプに踊らされるのは、あきあきだよ！　それに、もうおなかいっぱい」ここで軽くげっぷをして、ニンジンの束をぽいと落とす。といっても、葉っぱだけになっていたが。

「ぜんぜん理解できないわ」と、ゲシール。「コンタクトってなんのこと、グッキー？　コンピュータ調教師ってだれ？」

　イルトは指を毛皮でぬぐい、

「コンタクトってさ、ケヴィンがいったんだよ」と、挑戦的に応じる。「コンピュータ調教師ってのも、かれのこと。おもな職業はべつにあるらしいけど、でも結局は同じだね。もしかして、かれがほんとはサイガーボーデだってこと、知らなかったんかい？」

「サイガー……？」ゲシールはしぶしぶ言葉を切る。「もしかして、サイバーゴーグ、つまりコンピュータ教師のこと？」

「当たり！」グッキーは無頓着にいった。「ぼくの知るかぎりじゃ、かれはコンピュータを調教して独立思考できるようにするんだってさ」

「コンピュータが独自意識を開発するのを手伝っているんです」ケヴィン・マッキントッシュの声が聞こえてきた。

《テリア》操縦士は、ほんものに見える藪から出てきた。全裸でびしょ濡れだが、すくなくともだいじな部分は両手でおおっている。

ゲシールは、かれの顔だけを見るように気づかいながら、

「まったく！　こういう格好をするのは、自分に満足しているか、あるいは美しいと思いこんでいる人ね。質問するわ、ケヴィン。あなた、自分の精神力を完全にコントロールしている？　なにより、自由意志で行動してるの？」

マッキントッシュはなにかを探しもとめるように周囲を見まわして、

「手っとり早くいうなら、わたしに欠けているのは下着とセラン防護服だけです。でも、それはどうにもなりそうにない。ジェイコブはすこしばかり焦《あせ》っていたらしいので」

「ジェイコブって？」ゲシールは裏がえりそうな声で訊く。

「わかってきたぞ」ナコールが小声でいった。

「ほんとですか？」マッキントッシュは疑り深く応じる。

「ジェイコブというのは、この宇宙船を支配するコンピュータだろう」アルマダ王子は推察する。「高度な知性を持つようだが、すこし前まで、自分のおかれた環境に対する

真の理解力は発達させていなかった」

「それほどばかじゃないですよ」マッキントッシュは不遜な態度でいった。「コンピュータが有機知性体と違って逆行的に発達することを知ってさえいれば、ジェイコブになにがあったかわかります。ジェイコブの所有者たちは、知性の良識的な使用の前提となる独自意識をコンピュータが発達させるのを手伝えなかったのです。基礎プログラミングのおかげで、ジェイコブは善意にあふれていました。しかし、複雑な関連性を理解して一貫性のある計画をたてることはできなかった。主人のために楽園のような環境を生みだし、それによって自分でも知らずに主人に絶滅をもたらしたのです。楽園にいたら、有機知性体はサヴァイヴァル能力を得られませんからね」

マッキントッシュは自分の裸のからだを見おろしてにんまりした。

「ジェイコブはわれわれにも同じ善意をあたえたんです。スペース＝ジェットを消したのも、ジェイコブの考えによると宇宙航行はわれわれにとって危険なものだから。グッキーの超能力もそうです。自身やほかの生命体を傷つけるために使われかねない。衣服もやはり不健康なので、自然に帰れとやんわり強制されました。すこしでも抵抗すれば、ジェイコブはさらに熱心になるばかり。そこでわたしは譲歩してジェイコブの話を聞き、コンピュータ教授法を使って徐々に再調整したんです。ジェイコブは適応して、いまでは精神的に平衡状態にあります。ほんとのところ、残念ですね。任務上の必要がなければ、そのままにしておきたかったんですが」

ゲシールは深く息を吸いこむ。

「そうだったの、ケヴィン！　ハミラー・チューブが大勢の志願者のなかから偶然にもサイバーゴーグを選んだのは、幸運なめぐりあわせだったのね！」

「偶然？」マッキントッシュが応じる。「そう考えるのは、ハミラーへの評価がたりないんじゃないかな。ハミラーはすごく高性能のポジトロニクスですから、ナコールの知識や、かれとアルマダ中枢との交信から得た事実によって推定できたんじゃないですか。望ましい能力を持つ低所得層出身者を任務にくわえてもいいって」

ゲシールはにんまりして、

「勲章を持っていなくて残念だわ、ケヴィン。英雄の胸に勲章をよろこんでつけてあげたいところだけど」

「とんでもない！」マッキントッシュが声高に応じる。「刺されたら痛いですから！」

「本題にもどろうではないか」ナコールがいった。「《ドドンカーク》の主コンピュータは調整されて、われわれにしたがうんだな？」

「そうです」マッキントッシュが応じる。

「では、ほかのミイラ艦のコンピュータは？」

「ジェイコブの指揮下にあるので、われわれにしたがいます……すくなくとも、わたしに」

「それならミイラ艦隊をわれわれの計画に組み入れられる」アルマダ王子はゲシールにいった。

「わかった」と、ゲシール。「感謝するわ、ケヴィン。スペース＝ジェットをもどすようジェイコブに伝えて。《バジス》に帰還できるように」

「残念ながら、それは無理です。すでに解体されて消去されたので。先ほど述べた理由から、ミイラ艦にほかの搭載艇はないので、救援を待つしかありませんね」

　グッキーが消えて、すぐにゲシールのうしろに実体化した。

「またできるようになった！」うれしくてたまらないようすだ。「だけど、このジェイコブってすごいものを持ってるよね。ぼくの超能力をいともかんたんに無力化しちゃうんだから」

　マッキントッシュがうなずく。

「そういえるでしょう。基本的にジェイコブは従来のポジトロニクスではない。わたしならプシトロニクスと呼びますが」

「プシトロニクス！」ネズミ＝ビーバーは考えこんだようすでいった。「ってことは、ぼくの親戚みたいなもんか。しばらくおしゃべりしよっかな」かれは周囲を見まわして、

「ぼくの衣服がこのへんにあるはずなんだけど」

「はずれです！」マッキントッシュがいたずらっぽく応じる。「救助されるまで、われわれ、裸でいるしかないですよ」

7　夢見者へのおとり

カッツェンカットは疲労と敗北感を克服していた。もう一度ゼロ夢状態に入り、クロノフォシル・アンドロメダへの決定的打撃をあたえるときを待つ。

たしかに不運があった。ペリー・ローダンはとりあえず、自己理解に対する打撃からまぬがれたのだ。しかし、それはウェイリンキンがしくじったから。ウェイリンキンは設計ミスのアンドロイドで、腕力の使用に大きくかたより、精神戦の能力をほとんど持たなかった。過去から逃亡してきたのち、カッツェンカットによってエレメントの十戒の孵化基地に送られ、すでにもとの原材料に解体されている。

対ペリー・ローダン戦と、アンドロ・ベータのクロノフォシルを反クロノフォシルに縮退させるプロセスは、今後ほかの手段でおこなわれ終結することになる。

夢見者はほんの一瞬だけ、巨大艦隊である無限アルマダのことを考えた。見たところ、打ち負かすことのできない勢力ファクターである。だが、この防衛艦隊がいかに大きく、どれほどの戦力を持とうとも、関係ない。重要なのはただひとつ、自分カッツェンカットが適切な場所で決定打をくわえるために、適切な瞬間をつかむこと。

ほかの選択肢はない。

あのときネガスフィアへ落ちていき、エレメントの支配者の脅威に接したことを思いだしさえすれば、自分には勝利しかないとわかる。勝利しなければ、永遠の劫罰《ごうばつ》にのみこまれてしまうのだから。

精力的なマッサージに不快感をおぼえて、からだの向きを変える。次のゼロ夢への準備をととのえるためだったが、刺激がやや強すぎた。適切なときにエネルギーを行動に変換できない場合、自身のエネルギーで窒息してしまう危険がある。だが、ふたたび行動を起こすのはまだ早い。指揮エレメントの鋭い頭脳には、まだ手がかりがないから。

《理性の優位》はカッツェンカットのメンタル・インパルスに即座に反応。グリーンのフォーム・エネルギーからなる手の動きが慎重になり、刺激は耐えられるレベルに下降した。指揮エレメントは緊張を解き、眠気をおぼえる。良心のスイッチをオンにするいい機会だ。そう、かれにも良心はある！　しかし、それを無意識の奥深くに埋もれさせる能力に恵まれているのだ。そのおかげで、任務をはたすとき、いっさいはばかることなく行動できた。それでもかれの良心は、負わされたものをすべて忠実に記録している。おだやかな時間に、それらを心の忘却のかたすみからとりだして〝傷口〟の痛みを堪能するというぜいたくを味わうのだ。自分がペリー・ローダンにした仕打ちもいずれじっくり思いだすことになるだろう。そう考えると、よろこびに心地よい戦慄をおぼえた。快楽への誘惑に負けそうになったとき、強いメンタル・インパルスを受けとった。カッツェンカットのからだがかたくなる。メンタル・インパルスの送信者は《バルパンザー》にいる仮面エレメントのリーダーだ。かれらはスプリンガー船の乗員をかたづけたのち、同船を占拠している。《バルパンザー》はアンドロ・ベータに集結するGAVÖKのスプリンガー部隊なので、この宙域で進行する重要な出来ごとや準備中の方策に関するあらゆる情報を得ているだろう、と、カッツェンカットは踏んだのだ。

その計算は当たっていた。族長バルパンザーに化けたマーゲナンがメンタル信号発信装置を通して伝えてきたところによると、敵はとうとう活動をはじめたという。予想していたことだ。多岐にわたって船団を移動させたということは、大きな計画があるらしい。強力な部隊が無限アルマダからはなれてアンドロ・ベータに消えたばかりか、マークスやテフローダーも大規模な行動を展開している。艦船を大々的に集結させ、その一部はやはりアンドロ・ベータに消えた。ほかの部隊はアンドロメダ銀河にコースをとっている。さらに無限アルマダ内の、通称〝ミイラ艦隊〟が活動を開始したという。

もっと詳細を知りたいという願望が強かったので、カッツェンカットはそれに応じたメンタル・インパルスを送った。マーゲナンから満足のいく答えは得られなかったが、ミイラ艦隊という名称だけでもわくわくする。謎めいたものが背後にかくされているのだろうと思われた。現時点で敵の持つ謎めいた部分はすべて、ペリー・ローダンと関係している可能性がある。

カッツェンカットはみずから調査にあたることにした。待機ポジションにとどまって今後もパッシヴ探知システムにかぎって使用するよう、《理性の優位》に命令をあたえる。そのあいだにゼロ夢で《バルパンザー》を訪れるつもりだった。

宇宙船はかれにしたがう。マッサージの手はとまり、カッツェンカットの下部にくぼみができた。精神が抜けだして多次元をさまようさいに、からだが休養するためのものだ。

カッツェンカットはゼロ夢にもぐりこみ、意識のオーラとなった。からだのない状態で宇宙の深淵を漂いながら、恒星、星雲、ブラックホールなどからなる大車輪を夢のなかで眺める。テラナーがアンドロメダ銀河と呼ぶ宙域だ。

アンドロメダのななめ横、銀河系がある側には、テラナーがアンドロ・アルファ、アンドロ・ベータと呼ぶ存在が、無意識の夢のなかで息づいている。宇宙のものさしに照らすとほんとうに微小で、ペリー・ローダンの足跡とかれのメンタル・エネルギーによってクロノフォシルになっていなければ、完全に無意味な存在だっただろう。アンドロ・ベータのほかにもうひとつ、奇妙ななにかが、空虚空間内に白っぽい雲を形成している。肉体を持つ生物がちらりと見たら、矮小銀河と考えたかもしれない。からだを持たないカッツェンカットの感覚器官は、そうした目の錯覚におちいることはなく、構造物をあるがままに知覚する。それは無限アルマダ……正確には、本来の無限アルマダを防衛する監視艦隊である。

夢見者は集中力を高めながら、球形に密集した数百万の艦隊に急接近していく。かれの精神内にあるパラメーターのほか、なんの制限も受けることはない。光速はかれにとってただの情報であり、限界ではないのだ。

知覚平面が移動すると、無限アルマダの横にあってちっぽけなものとしか見えない銀河系船団とGAVÖK部隊が見えてきた。GAVÖK部隊の一隻からメンタル・インパルスが送られてくる。このシグナルは、クモの巣にかかった獲物から出る震えと同じくらい確実に、かれを《バルパンザー》に導く。

目的地に向かってどんどん速度を増し……やがて、ゼロ夢でスプリンガー船内に入った。いあわせた仮面エレメントはひどく興奮している。GAVÖK部隊の司令中枢から数秒前にハイパーカムによる命令が入ったから。

《バルパンザー》はほかの部隊とともに無限アルマダ内部に飛べ、との指示だ。ミイラ艦隊の旗艦が活動を再開するので、護衛をつとめるように、とのこと。

カッツェンカットは勝ち誇った笑みを浮かべる。

敵の無邪気さと偶然のおかげで転がりこんできた勝利だ。ミイラ艦隊が宇宙船二十万隻からなると知ったときには、その活動再開が行方不明のペリー・ローダンと関係していることを確信した。

出来ごとの焦点の間近に行き、エレメントの十戒にとって最良の瞬間に介入できるようにしよう……

＊

グッキーとフェルマー・ロイドは《バジス》司令室に実体化した。《バジス》は《ドドンカーク》まで〝遠征〟したのち、ふたたび銀河系船団とGAVÖK部隊のあいだに位置している。

ゲシールがいるのは、ふだんペリー・ローダンのすわるシートで、横にはレジナルド・ブルとジュリアン・ティフラーがつきそい、ローランドレのナコール、ウェイロン・ジャヴィアもいる。ここで大規模な計画をとりしきっており、マークスやテフローダー、さらにアルマダ中枢との連絡もたもたれていた。宇宙駅ルックアウト・ステーションおよびミッドウェイ・ステーションでは、マークスとテラナーが全力で作業にあたっている。編成されたハンザ・キャラバンを、急使を使って迎え入れ、それぞれの目的地に送りだすためだ。

「くいついてきたぜ」ネズミ＝ビーバーがいつものぞんざいな表現で報告する。

もちろん、みなの注意がひとつになっていると確信してのことだ。グッキーとロイドがスプリンガー船《バルパンザー》を休みなくテレパシーで監視していることは、関係者全員が知っているから。

ロイドがことのしだいを報告する。かれとイルトは、数分前に《バルパンザー》内のだれかが遠距離の場所にいる者と集中的にメンタル交信したことを突きとめた。スプリンガー船の乗員はすべて十戒の仮面エレメントなので、船内のほうは仮面エレメントにちがいあるまい。もう片方はじつのところ指揮エレメント以外には考えられない。つまり、夢見者カッツェンカットだ。

しかし、ミュータントには、エレメントの十戒によるメンタル・コミュニケーションの内容を読みとることはできない。確認できるのは、交信があったことだけ。それでも、グッキーがうまく表現したとおりカッツェンカットがくいついてきたことを、ゲシールは確信した。

とはいえ、それだけではたりない。

「これから計画の第二部に入るわ」と、説明する。「カッツェンカットを動かして、時間エレメントをのこらず動員するようにさせなければ」

計画については充分に話し合ったので、時間のむだになる質問をする者はいない。レジナルド・ブルは、《シゼル》に乗船して《バジス》内で待機しているタウレクとヴィシュナにミニカムで情報を伝える。ゲシールはグッキーとのテレポーテーションでキャビンに行き、セラン防護服を身につけ、その他の装備をととのえる。外部任務にあたっていたイルトとロイドは、すでにセランを着用していた。

したくがすむと、ローダンの妻はグッキーに連れられて《バジス》司令室にもどった。ほかの準備をどのように手配するかといった細部を、ブルおよびティフラーと相談する。ナコールとロイドは、すでに《シゼル》が入った格納庫に移動している。ゲシールとネズミ＝ビーバーも数分後にあとを追った。

コスモクラート二名には事情を伝えてある。《シゼル》に乗るかれらは〝大型野獣狩り〟という仮名を持つ作戦行動で重要な役割をはたすことになっているので、計画を秘密にする理由はない。

タウレクは操縦ピラミッド前の自席シートにすわり、任務関係者全員がそろうのを待ってスタートした。格納庫におさまっていた《シゼル》は、次の瞬間にはアンドロ・ベータの末端部上方を浮遊していた。

制御プラットフォームにそなえつけられた成型シートのひとつにすわったゲシールは、この瞬間移動に動じることはない。コスモクラート船のほかの特徴と同様、絶対移動の原理にもすでに慣れていた。

プラットフォームの上部は透明な丸天井になっていて、《シゼル》が投影する探知映像がうつしだされている。近距離と遠距離をふくむ宇宙船周辺の光景だ。

ミイラ艦隊はまだ到着していないが、もうじきあらわれるはずだった。かわりに無限アルマダの一部がうつっている。右側を占めるとてつもない数の船団にかくれて、アンドロメダ銀河が見えない。無限アルマダは相対的に静止している印象をあたえるが、拡大映像では移動していることが確認できる。通常ライン態勢だ。

左舷方向にぎざぎざのアンドロ・ベータ星雲がひろがっている。現在そこで起こっている出来ごとは知覚できないが、マークスおよびテフローダーの宇宙船数千隻が一帯を航行して、ツーノーザーに利用可能な酸素惑星を探していることを、ローダンの妻は知っている。その一方では無限アルマダの艦船数十万隻が出動し、千六百年前に破壊されたツーノーザーの居住惑星の物質塊を探して回収しているところだ。

そして、夫と時間巡回者は過去のどこかでツーノーザー二百億名の救出準備にあたり、十戒から時間エレメントをおびきだす任務をはたしている。そのことを考えると、ゲシールは頭がくらくらした。だれもが驚異を感じるほどの大胆なくわだてなのだ。

ゲシールは想像力を働かせてみようとつとめた。時間の深淵に入りこみ、夫とその新しい友が、動かせない現在の要素である物体の時間シュプールを伝って移動するようすを思い描いてみる。しかし、不完全で、おそらく非現実的な想像しかできない。そのようなものを一度も見たことがないのだから。

彼女の心が現実にもどったのは、ミイラ艦隊の到着によって空間構造が揺さぶられたときだった。巨大な宇宙船二十万隻が超光速航行を終えて通常空間に突入し、《シゼル》の機首上方にあらわれる。アンドロ・ベータと無限アルマダのあいだ、星々の存在しない空間だ。

「コンタクトを！」タウレクの横に立つヴィシュナがいった。

スクリーンの一部が明るくなり、ケヴィン・マッキントッシュの上半身がうつしだされる。操縦士兼サイバーゴーグはすでにセラン防護服を着用し、背後に《ドドンカーク》司令室の一部が見えている。

「すべて順調です」表情を変えることなく報告する。「ジェイコブは聞きわけのいい若造になったんで、もう面倒はありません」

「あとでそっちに行く」と、ローランドレのナコール。

タウレクは、ミイラ艦一隻のプロジェクションをさししめす。アルマダ第九一九部隊から分離して数十隻の小型宇宙船にかこまれている。

「《ドドンカーク》とその護衛船団だ」コスモクラートはいい、笑顔でゲシールを見た。「きみの出番だよ」

ローダンの妻はうなずく。護衛船の指揮官たちと直接コンタクトをとることの重要性はわかっている……そこには《バルパンザー》の仮面エレメントもふくまれるから。カッツェンカットの力はあなどれない。かれは人類の心理をすでにかなり理解しているので、特定の行動パターンを想定できるはず。《ドドンカーク》が動いたのはペリー・ローダンと関係しているのではないかとの推測にくわえて、ローダンの妻が主導権をとったのを見れば、それだけで、全力でことにあたる価値があると確信するだろう。

ヴィシュナが護衛船司令室への同時接続をオンにすると、透明ドームの内壁にアラス、アコン人、アルコン人、トプシダー、テラナー、スプリンガーの姿が複数うつしだされた。GAVÖK船の船長たちだ。スプリンガーのうち一名が仮面エレメントであることは、ゲシールも友たちも知っている。

ゲシールは片手をあげて挨拶した。各船長が通信装置スクリーンで自分の姿を見ていることはわかっていた。

「司令中枢によりアルマダ第九一九部隊の護衛船として配属されたのはなぜか、と、疑問に思ったでしょうね。これまで曖昧な根拠しか聞いていないことはわかっているけれど、それには理由があります。これは秘密の任務で、深刻な危険が迫らないかぎり、エレメントの十戒に目的を知られてはならないから。

夫がエレメントの十戒に拉致されたことは噂になったでしょう。その後、過去に送りこまれたという情報を得ました。でも、消えてしまったわけではなく、時間巡回者と呼ばれる人々の支援を得ています。時間シュプールを使って過去を縦横に移動するかれらは、ペリーをここに連れもどす手伝いを申しでてくれました。

ただ、口でいうほどかんたんなことではありません。というのも、わたしたちのいる現在には時間巡回者にとって多数の危険が存在し、エレメントの十戒はそのなかのひとつにすぎないから。ミイラ艦隊の旗艦内でいくつかの実験が必要だけど、それは時間巡回者にとってきわめて危険なことなので、《ドドンカーク》に外部の影響がいっさいおよばないよう守る必要がある。それがあなたたちの任務です。

さしせまってお願いしたいのは、数週間におよぶ予定のこの期間、護衛船および《ドドンカーク》以外の宇宙船との交信はしないこと。実験準備のためにアルマダ王子がミイラ艦に乗船することになっています。わたしがここから去り、コスモクラート二名とともに《シゼル》でもどったら、作戦は重要な段階に入ります。そのときにはあなたたちの注意力と周到な戦闘準備が必要になるでしょう」

ゲシールがもう一度手をあげたのち、ヴィシュナは護衛船との接続を切る。

タウレクは《シゼル》を《ドドンカーク》の格納庫に入れた。ナコールが《シゼル》から降り、マッキントッシュに合流する。〝大型野獣狩り作戦〟の遂行中、マッキントッシュはミイラ艦にとどまり、プシトロニクスが協力的でいるよう監視する予定だ。ナコールはかれとともに、破壊されたツーノーザー惑星の物質塊がほかのミイラ艦に搬入されるのを監督する。

アルマダ王子が降機するのとほとんど同時に、タウレクは絶対移動によって《シゼル》をべつの焦点に移動させた……

8　宇宙駅

「ミッドウェイ・ステーションだ」フェルマー・ロイドがいい、透明ドームの内壁にあらわれたプロジェクションをさしめす。

ふたつの塔がくっついたかたちのハブのまわりに配置された円盤形構造物が三つ。ちっぽけなものに見えるが、それぞれの〝円盤〟は高さ八キロメートル、直径三十五キロメートルあることを、ローダンの妻は知っている。ハブは長さ四十六キロメートル、直径六・五キロメートルだ。

「距離は？」ゲシールは小声で訊く。

「十五光秒」タウレクが応じる。

コスモクラートは操縦ピラミッドのマーキングしたフィールドに片手を置いている。ささやき服が謎めいたざわめきのような音をたてる。ゲシールの視線に気がついたタウレクは、前方、《シゼル》の外側にある架空の一点をさしめした。

「十五光秒」ゲシールは考えながらくりかえし、外になにかが見えないかと目を凝らした。

だが、銀河間空虚空間の貫通不能に見える暗黒のほかにはなにも見えない。頭をほんのすこし左に向けると、ほとんど見えないくらいかすかに、ぼやけたちいさな霧状のしみがある。銀河系銀河だ。右側にある第二のしみがアンドロメダ銀河。見えるのはそれだけ。マゼラン星雲、矮小銀河のアンドロ・アルファやアンドロ・ベータは、これだけの距離があっては肉眼では見えない。数十万光年もはなれているのだ。それにくらべれば、十五光秒は無にも等しいといえるだろう。だが、宇宙駅からの光は投影されない。一惑星の日中の明るさに慣れた生物の無防備な目に見えるほどの光はなかった。進化によってその条件のもとでつくられたのだから。

「コンタクト、しよっか?」グッキーが訊く。

ネズミ＝ビーバーはじりじりしていた。長時間パッシヴでいるのは、性に合わないのだ。

ゲシールは、多目的アームバンドの日付に目をやる。

NGZ四二七年十二月七日。

「最初のキャラバンがミッドウェイを通過した可能性もある。たしかめるべきね」

「コンタクトするわ」と、ヴィシュナ。

それが実行されることはなかった。

突然、宇宙空間が爆発したかに思われ、時空構造が強いショックに揺さぶられたのだ。《シゼル》は嵐前線の乱気流に入ったグライダーさながら、はげしく振りまわされる。

しかし、それは一秒もつづかなかった。ほのかな深紅に光るエネルギー・バリアが宇宙船をつつみ、ダメージをあたえる外部のあらゆる影響から保護した。

「数千隻の宇宙船がメタグラヴ・エンジンを駆動させたにちがいあるまい」と、タウレク。操縦ピラミッドに両手を置き、目を細めてそこからささやかれるメンタル性の報告に耳をかたむけている。「危険レベルを超えている。通常空間突入時にこれほどの振動を起こすとは」

「急いでいたのだ」ロイドがいいきる。

「それほどじゃないよ」と、グッキー。「乗員たちがパニック状態で操作したんだ。うろたえた思考が読める。冷気エレメントだ！　かれら、冷気エレメントから逃げてきたんだ！」

「ルックアウト・ステーションね」ゲシールがささやく。顔が蒼白だ。「二百の太陽の星からいちばん近いわ」

「いちばん近い？」ロイドは驚愕して叫ぶ。「といっても、十二万五千光年の距離がある。なんてことだ！　冷気エレメントがもうそこまで進んだとすると、銀河系とアンドロメダ間の航行は危険だ」

「まだそこまでじゃないわ」ゲシールがなだめる調子でいった。「ヴィシュナ、ハンザ・キャラバンの指揮船とコンタクトしてもらえる？」

「やってみるわ」女コスモクラートが応じる。

「可能なはずだ」タウレクが口をはさむ。「構造振動はおさまっている」

かれが操縦ピラミッドから手をはなすのと同時に、深紅色のエネルギー・バリアが消滅した。《シゼル》は完全に静止している。つまり、時空構造の振動は危険のない程度までさがったことになる。

数秒後にハイパー通信が成立し、透明ドームに四十代なかばくらいの女のホログラム映像があらわれた。黒髪で、上唇の上に黒っぽい産毛が生えている。セラン防護服を着用しているが、ヘルメットはたたんである。ハスキーなアルトの声が告げた。

「ハンザ・キャラバン〝ベータ第一協力隊〟の指揮官、イシャラ・ハシムです。指揮船《ダライモク・ロルヴィク》に乗船しています。そちらは《シゼル》ですね」当然ハイパーカム・スクリーン上に、プラットフォームにいる人々が見えているはずだ。「それなら、あなたがたはすくなくとも安全です。こちらは大急ぎでルックアウト・ステーションを去ることになりました。多くの乗員がパニック状態におちいるのを、残念ながら防ぐことができなかったので」彼女は身を震わせ、「冷たい光点だけからなる宇宙空間にいるとふいに気づくのは、ぞっとする体験でした」

「わかるわ」ゲシールが応じる。「つまり、冷気エレメントは早くもマークスの宇宙駅付近に出現したのね」

イシャラの視線がわきにそれた。ハンザ・キャラバン全船の探知リフレックスがうつされているディスプレイに向けられたのだろう。

「船を失いました」かすかな声。目がうるんでいる。「十二隻も！　マイナス宇宙に墜落したにちがいありません」

「乗員を救う方法はないの？」ゲシールはコスモクラートに問いかける。

「ない」タウレクが応じる。きびしくきっぱりとした返答は、失われた宇宙船に乗っていた男女の運命を物語っている。

「それでは、今後ルックアウト・ステーションへの飛来を停止しなければ」ロイドが指摘した。「救援なしでだいじょうぶか、イシャラ？」

「なんとかします」指揮官が応じる。「ディスプレイで見たところ、数隻はかなりの打撃を受けていますが、いずれミッドウェイに到着しなくてはなりません。修復がすみしだい、次か、そのまた次のキャラバンに合流します。われわれは可及的すみやかに前進するつもりです」

「《バジス》に連絡して！」と、ゲシール。「ブリーとティフの援助を受けるといいわ。それと、ふたりに伝えてもらいたいんだけど、マークスとテフローダーにもっと大きな任務をお願いすることになる。この先のキャラバンは遠まわりする必要があるので遅れるわ。そもそも、いつまで銀河系を通過できるか、わからないわね」

イシャラの映像に向かってうなずいてから、タウレクに要請の視線を向ける。

コスモクラートは、操縦ピラミッドに両手を置き、精神を集中させた。

＊

周囲のようすが急に変化すると同時に、《シゼル》は不気味なシーンのなかに漂っていた。プラットフォームにいる五名は思わず息をのむ。

機首前方の宇宙空間は、もはや空虚空間ではない。恐ろしいまでに完全に変化して、いまや冷たくきらめく無数の光点からなる巨大な雲となっていた。《シゼル》の探知システムが音響で示唆する効果もくわわる。ばりばりという耳をつんざく鋭い音は、宇宙構造の破裂を告知しているかに思われた。光学探知プロジェクションには、どぎつい光をはなつ亀裂が数光時の距離を高速ではしっては消え、次の亀裂に場所を譲るようすがしめされている。

「まあ、ひどいわ！」ゲシールがささやき声でいった。パニックが波のように押しよせ、唇を強く噛む。

フェルマー・ロイドはうめき声を漏らした。凄惨な光景にすっかり心を奪われて目を

はなすことができない。大きく見開いた目が眼窩《がんか》から浮きあがっている。ヴィシュナは高熱があるように身を震わせ、

「恐ろしい」と、とぎれがちな声で告げる。

「ルックアウト・ステーションはどこ？」最初のショックを克服したゲシールがたずねた。

「パニックだ！」イルトが叫ぶ。「宇宙駅はパニックになっちゃってる。でも、まだ救えるかもしれないな。ぼく、あっちにひとっ跳びして見てくるよ。エンジンを作動できたら、ステーションを退避コースに向ける！」

「ちょっと待て！」と、タウレク。「ステーションを探知しているが、まださしせまった危険はない。だが、コースを誤れば大惨事になりかねない。冷気エレメントのひろがり方はまちまちで、高速で放射状に爆発的に拡張しているゾーンもあれば、それとくらべると静止状態といえるゾーンもある」

かれの両手はいまもなお操縦ピラミッドの特定のフィールドに置かれている。荒々しさを抑制し、完全に精神集中している顔だ。かれがコスモクラートたちによって何度か地獄のような状況に送りこまれたことがあるといっていたのを、ゲシールは思いだした。タウレクの精神と性格を、物質の泉のこちら側における任務中に要求されるものに合わせて鍛えあげるため、ということだったらしい。

グッキーは全身がぶるぶると震えているにもかかわらず、自制している。

「うまくいった」と、タウレクがいったのは、数分が経過してからだった。「こっちにきてくれ、グッキー！　わたしが説明するより、ピラミッドの表現を聞いたほうがわかるだろう」

ネズミ＝ビーバーが横に立つと、タウレクはその手をとり、それまで自分の手があった場所に当てた。グッキーの震えはとまり、集中して心の声に……操縦ピラミッドが伝える説明に……耳をかたむけている。

ため息をついて視線をあげたとき、ロイドが立ちあがって歩みより、

「わたしも行くぞ、グッキー」と、乾いた声でいった。

「手伝ってもらえると助かるかも」イルトはありがたく応じる。

かれがロイドの手をとると、すぐにミュータント二名は消えた。

「タウレク！」ゲシールがささやく。

「ああ、そうか！」と、コスモクラート。「次のハンザ・キャラバンのための安全な迂回路があるかどうか知りたいんだな。こっちにきてくれ。いっしょに探そう」

ゲシールは立ちあがってかれの横に行き、ふたたび操縦ピラミッドに置かれたタウレクの手に自分の手を当てた。想像を超えるほど高度に発達した技術の産物と結ばれたことを、すぐに感じた。ただし、技術的構造物と結ばれているというよりも、自分の思考

と感覚が、超越知性体より進化の階段をさらに数段高いところまでのぼった知性体の思考と感覚に同調している感じだ。それでも、この超構造物が生まれたのはロボット工学の進化のおかげだということを、ゲシールは説明しがたい方法で知った。

しばらくしてから……彼女には永遠の半分くらいが経過したように思われた……ピラミッドから手をはなしたとき、次のハンザ・キャラバンの持つ可能性がわかった。

「冷気エレメントをもっとも確実に回避するには、M－13から、かつて散弾転送機があった座標にコースをとらなければならない」認識した内容を口にする。「迂回が大きくなりすぎないために、全行程の半分だけこのコースをとり、その後はアンドロ・ベータの方向に転換するのがいいけれど、コースを変える基準点がないとむずかしいわ」

「そのとおり」タウレクが肯定する。「そこで、グッキーとフェルマーがもどったらこのポイントに飛行して信号ブイを出そうと思う。ハイパー標識灯があればキャラバンも方向確認できるだろう」

「グッキーとフェルマー、あまり遅くならないといいんだけど」ゲシールは気づかわしげに応じる。「次のキャラバンがいつスタートするのか、見当もつかないわ。その前にもどってこないと……」

どうなるかということを口に出す必要はない。冷気エレメントはこれだけの速度で拡張しているのだ。方向確認ポイントとしてルックアウト・ステーションを選んだキャラバンの一部は寒冷地獄に突入し、すぐさまマイナス宇宙に墜落するだろう。そうであっても、冷静さを失ってロイドとグッキーを待たずにスタートするわけにはいかない。それに、次の隊はすでにルックアウトに向けての超光速飛行に入っているので、かれらの運命を変えることはどのみちできない。

ゲシールの心の平穏にさいわいしたのは、ルックアウト・ステーションの強力なエンジンが作動したことを、タウレクが数分後に探知したことだった。宇宙駅は動きだし、恒常的に加速しながら予定の軌道に入った。

イルトとロイドがプラットフォームに実体化したのは、その直後だった。

「やったよ！」グッキーが声高にいった。

「あやういところだった」ロイドが報告する。「宇宙駅の要員たちが逃げるより戦おうとしたので。かれらの意志を変えるために、グッキーはかなり強硬な手段をとった」

「やつらの石頭をぶち割るためだよ」ネズミ＝ビーバーが訂正する。「えっと、ちょっくら気合を入れてやったんだ。冷気エレメントよりもっとぼくを恐がるようにさ」

9 どんでん返し

これはわたしの個人的日誌なので、消去回路をコーディングしておく。

きょう、ペリーが時間を超えてあらわれた。これで二度めだ。こちらの準備の進行状況については把握ずみで、時間巡回者がツーノーザー救出作戦をまさにいま開始するところだと伝えてきた。

ぬかりなくきちんと準備できていることを望むばかりだ。この八週間、信じられないほどの仕事をこなしたもの。千六百年前に破壊されたツーノーザーの居住惑星の残骸を発見して回収し、アルマダ第九一九部隊のミイラ艦二十万隻に搬入することに成功した。それにくわえて、ツーノーザー二百億名を収容する予定の惑星に、救済された種族が生きのびるのに必要なものを装備した。マークスとテフローダーの両種族は、あやうく経済破綻するところだったけれど。

もちろん宇宙ハンザとLFTも、必要な物資と産業設備をアンドロ・ベータに供給するためにあらゆる力をつくした。それでも負担の大部分はマークスとテフローダーが負うことになった。冷気エレメントがどんどん拡張していくので、ハンザ・キャラバンは何度も迂回を余儀なくされて時間をとられ、それによって甚大な損失が生じたから。正直なところ、この不利益を埋められたのは、マークスとテフローダーの無限の連帯感と円満な協働のおかげだ。

でも、これらはみんな準備にすぎない。決定的なのはこれから。千六百年前の種族滅亡をなかったことにして、これといった葛藤なしにツーノーザー二百億名を現在時間に組み入れることが、可能なのだろうか？　それに、カッツェンカットをだまして、《ドドンカーク》に構築した罠にすべてのクロニマルを送りださせることが、ほんとうにできるのだろうか？

ペリーは成功すると確信している。でも、かれと同じ力がわたしにも出せるかどうか、わからない。なんといってもアンドロ・ベータだけがクロノフォシルではないのだ。この作戦が成功したのちもエレメントの十戒は存在して、フロストルービンを最初の位置にもどすのを、ありったけの力で阻止しようとするだろう。冷気エレメントのことを思っただけで、わたしはパニックの縁に立った気分になる。

でも、ひるんだり疑念を持ったりするわけにはいかない。善を擁護するために全力をつくすのがわたしたちの義務だとペリーはいう。かれの不屈の精神がなければ、わたしたちは混沌の勢力との戦いにとっくに負けていたかもしれない。そのペリーの命が失われるようなことになったら、わたしは精神力をふるってかれから旗を受けとれるだろうか？　かれの立場を受け継いで、未来のために貢献できるだろうか？

　わからない。でも、そうするしかないことはわかっている。とはいえ、きょうはまだそうならないよう、祈るばかりだ。問題はツーノーザーとアンドロ・ベータ。善を擁護する者たちがみんな、今回も成功しますように。

NGZ四二八年二月三日、《バジス》にて……ゲシール。

＊

　金銀の火花のような原時間のあいだに群れ集まった時間巡回者たちを、ペリー・ローダンは興味深く観察した。

「きみの仲間がこんなにたくさんいるとは知らなかった」かれは、横に立つニゼルに語りかけた。

「ウルキュ・ミュレだろ？」ニゼルはさもうれしそうに応じ、すぐに真顔で、「わたし自身、わが種族がこれほど大勢だとは、いままで知らなかった」

「数百万だろうな」と、テラナー。

「それ以下だったらツーノーザーを救出できない」ニゼルが同意する。「とはいえ、これはレジャーとはとてもいえないな」

「仕事だ」と、ローダン。

「え？」

「われわれのしていることを、テラナーは仕事と呼ぶ」ローダンがもどかしそうに答えると、

「仕事！」ニゼルがおうむがえしにいった。「そんないまわしいことにとりくむとは思ってもみなかったよ。ああ、兄弟たちの準備がととのったようだ！　充分に時間エネルギーを補給したから、ツーノーザーにあたえられる。スタートしよう、ローダン！　われわれがはじめて出会ったモビーに遅滞なく着くためには、かなりたくさんの時間シュプールを使わないと。説明したことはすべて頭に入ったか？」

「もちろんだ」ローダンは応じる。なにも抜け落ちていないことを願うばかりだ。作戦を首尾よく進めるために配慮すべきことは山ほどある……しかも、ここから先に数十億年という年月が存在するにもかかわらず、作戦を実行する時間は非常に短い。

ぐいっと引かれる感じがして、ニゼルとローダンは硬直世界から解放され、意識が消えるかと思うほどの渦に巻きこまれた。この渦のなかを上昇して宇宙が誕生したのだ。まだ完全に明瞭ではない最初の知覚を意識が受けとったとき、かれはニゼルとともに、灼熱する物質集積の時間シュプールに沿って高速で移動していた。早送りの映像を見ているように一銀河の誕生を体験し、ニゼルといっしょにまず原恒星の時間シュプールに、

のちに一惑星のシュプールにうつった。それは最初は灼熱していたが、急速に凝固して、そのあいだに一星系が周囲に誕生した。

〈ゴイロレンだ〉時間巡回者が告げる。

そのメッセージはメンタル性の声でとどいた。つまり、ニゼルにとって物質的存在である時間は終わったのだろう。ビッグバン前の硬直世界の外ではふたたび非物質生命形態として、通常は周囲の世界にいっさい影響をおよぼさない沈黙の観察者になるのだ。

テラナーの目にうつるゴイロレンは、ニゼルと同様に非物質的に思われた。惑星は見たところ、向かい側から投射されるネガフィルムのようで、それが信じられないほどの速度で早送りされている。時間巡回者は自分に出会うまで、空間士のことを考えたり感じたりするリアルな生物だと受けとめていなかったというが、その理由をローダンははじめて理解した。空間士は楽しい娯楽映画の構成要素にすぎないのだ。そこでは悲劇も喜劇も純粋な幻想として上映される。

ゴイロレンの細部を見きわめようとして、気づかぬうちに時間シュプール上の移動速度がゆるんでいた。

〈だめだ！〉ニゼルのメンタル性の叫び声がした。〈タイミングがずれてしまう！〉

ローダンはぎょっとして譲歩し、霧の湖で受けとった時間エネルギーの凝集した力にふたたび押し流されていく。映像の速度がおのずと落ちてきたとき、決定的な時期が近づいていることがわかった。惑星上の出来ごとの詳細が見てとれる。ツーノーザーの入植がはじまり、数カ月後には多数の大都市ができた。

そこへ宇宙からなにかがあらわれ、めらめらと燃える巨大な閃光を放散しはじめた。エネルギー過負荷状態のモビーだ。テラナーはこの種のモビーがアンドロ・ベータでツーノーザーの居住惑星を破壊するようすを目《ま》のあたりにしたので、すぐにわかった。

破壊したのか？

それとも、これから破壊するのか？

〈われらのモビーも、すでにここにいる〉ニゼルが告げる。〈目に見えないのは、エネルギー過負荷状態でないからだ。そうでなければ、なかに生息するツーノーザーを救出できない。いいか、あれの時間シュプールに飛び乗るぞ〉

シュプールをうつったとき、ローダンは目眩をおぼえた。次の瞬間、かれとニゼルは一モビーの表面にいた。家くらいの大きさの結晶塊が周囲にある。しかし、それは一瞬ですぐに変化した。ふたりはいまも非物質的な時間巡回者なので、空間世界の出来ごとを架空の映画として体験しているにすぎない。宇宙服を身につけたツーノーザーがモビーの表面をせわしなく移動しているのが見えるが、相手にはふたりの姿は見えていない。不気味な感じがする。というのも、このときローダンは、ツーノーザーの一名がストゥルであることに気づいたのだ。当時……さほど遠くない過去……残酷なまでに容赦なくローダンを追いまわした青鼻の兵士である。

ストゥルやほかのツーノーザーはパニック状態にあるらしい。あてもなくめちゃめちゃに走りまわっている。その理由はすぐにわかった。

モビーの水平線のななめ上に惑星ゴイロレンの一部が円盤状にあらわれ、その上に非常に明るい炎の玉が、揺らぎながら宇宙空間から突進してくるのだ。エネルギー過負荷状態のモビーである。惑星との衝突が目前に迫っていた。ゴイロレンが爆発すれば、いまツーノーザーがパニック状態で走りまわっているモビーもまた破滅するだろう。

〈いまだ！〉ニゼルがいった。

決定的瞬間がきて、ふいにローダンの明晰な思考力がもどった。自分の任務ははっきりしている。なにをするべきか、ニゼルが正確に説明したから。いまかれの頭にあるのはそれだけだった。

それでもなお、救出するべきストゥルのそばに到達したとき、かれは皮肉めいたものを感じた。相手は自分をよりによって仇敵《きゅうてき》だとみなしているのだから。とはいえ、この認識は一方通行だ。ツーノーザーにとってこちらは、自分がはじめてニゼルを見たときと同じく、ダークグレイのぼんやりとした現象にしか見えない。

虚無からいきなり目の前に〝亡霊〟があらわれたと思い、ストゥルは悲鳴をあげた。

しかし、テラナーはたくわえた時間エネルギーをすかさず相手にあたえ、それによって惑星ゴイロレンの時間シュプールに送りこんだ。

エネルギー過負荷状態のモビーが惑星もろとも種族を潰滅させる。このプロセスをツーノーザーたちは目にしたものの、もはや物質的存在ではなくなっていたため、被害は受けなかった。かれらにとってそれまで現実世界だったものは、めまぐるしく流れる映画に変化した。これは、時間シュプールが限界時間に到達し、その内容が空間的に存在する物質として結晶するときまでとぎれない。

〝被保護者〟のストゥルが時間士から空間士に逆変身するところを、ローダンが目にすることはなかった。ニゼルがその直前に、過去に通じるシュプールをキャッチしてかれを連れていったからだ。仕事はまだ山ほどのこっている。かれらと数百万の時間巡回者は、何度もカタストロフィ前の時間を訪れなければならない。のこりのツーノーザーを救い、破壊された惑星の残骸がのこした救済用の時間シュプールに乗せるために……

＊

「スープが熱くなりました」ケヴィン・マッキントッシュが告げた。

「え？」ナコールがいらいらと訊きかえす。

《ドドンカーク》司令室で、サイバーゴーグはスクリーンをさししめした。アルマダ王子がそちらを見ると、シーンが変わっている。ひろい倉庫になにかの残骸が転がり、そのあいだに無数のヒューマノイド生物があらわれたのだ。宇宙服を着用している者もいるが、大部分はなんらかの作業服を身につけていた。皮膚の色は白く、大きな複眼が顔のかなりの部分を占める。手と脚のほかに、白、青、赤のどれかに着色された、長くて太い鼻を二本持っている。

「これは……」ナコールがささやく。

「……ツーノーザーです」マッキントッシュがつづけた。「ペリー・ローダンがやってのけましたね。かれら、千六百年のあいだ眠っていたはずの墓が掘られる前に、命を救われたということ。奇妙な論理ですよね？」

「奇妙に聞こえるだけだ」ローランドレのナコールが応じる。「ツーノーザーは死ななかったのだから、どこかの墓に眠ることもなかった」

マッキントッシュはせせら笑う。

「わたしをおろか者あつかいしてもむだだ、ケヴィン！」ナコールが叱りつける。「ツーノーザーは墓に眠っていたことはない。惑星の潰滅とともに蒸発したか、あるいは焼死した……ペリーが時間巡回者の力を借りて救わなければ、そうなっていたということ。時間を操作すれば、通常の論理は通用しなくなる。だが、もういい！　救済された者たちがおちつきをとりもどすといいが。ヒステリー状態になりかかっているようだ」

「心配はいりません！」マッキントッシュが応じる。「ジェイコブのサブ・ステーションがかれらの興奮をしずめる作業にかかっています。対処するのがミイラ艦隊でほんとによかったですよ。このような状況を処理できるのはプシトロニクスだけですから。ふつうのコンピュータでは役にたたず、ツーノーザーは救助されたあと、気が変になって収拾がつかなかったでしょう」

「そのとおりだ」アルマダ王子は一瞬考えてから肯定した。「とても解決できるとは思えない問題を解決するために、ペリーはかならず適切な場所に適切な可能性を、適切なタイミングで見つける。そのたびに驚かされるよ。運命の力そのものがかれに手を貸しているのではないか」

「わたしにいわせてもらえるなら、ことあるごとに運命の手綱をとっているのはペリーのほうだと思います」と、マッキントッシュ。「それでももちろん、かれはわたし同様、ふつうの人間です。なにもいわず謙虚に義務をはたし、それを自慢することもない」

驚いて相手を見たナコールの複眼が愉快そうにきらりと光った。

「冗談をいったわけじゃないですよ」と、マッキントッシュ。「いちばん大変なのはまだこれからですよね。そもそも、カッツェンカットがこんなに長いあいだなにもしないなんて、信じられないほど幸運だったといえるし……このあとも、ツーノーザーの救助が完了して時間巡回者が《ドドンカーク》のほうに気を向けられるようになるまで、充分に時間をとってくれることを願っています。でも、その前にこの宇宙船が大量のクロニマルに浸食されるのは、あまり見たくないですね」

「注意。以下の交信をキャッチしました！」プシトロニクスが告げる。「《シゼル》にいるゲシールから護衛船団の指揮官たちへ。ミイラ艦内の実験が制御不能になったため、ただちに《ドドンカーク》からはなれること。ペリー・ローダン救出作戦は失敗し、艦内の時間巡回者は望みのない状況におちいっている」

「やったぞ！」ナコールは胸をなでおろす。

「早すぎではないといいんですが」マッキントッシュは悲観的だ。「カッツェンカットが辛抱できなくなって、時間巡回者がこっちに移動する前に介入してきたら……」

「やつは待つだろう」と、アルマダ王子。

「《バルパンザー》から《シゼル》への交信をキャッチしました」プシトロニクスが告げる。「にせの族長からゲシールへ、エンジン損傷のため、すぐに退却できないとのこと。ただし、すでに修理作業が進んでいるので心配は無用」

「修理作業とは、よくいったもんだ！」マッキントッシュがあざけり、手をもみ合わす。

「《ドドンカーク》の周辺宙域をうつしだしてくれ、ジェイコブ！」

「それと、イルミネーションをオンに！」ナコールがいいそえる。

低い笑い声が響いたのちに各スクリーンの映像が変わった。ずっと《ドドンカーク》の近傍に位置していた《シゼル》と護衛船団が、ゆっくりと遠ざかっていく。

ただ一隻の転子《ころ》状船をのぞいて。《バルパンザー》である。

〝イルミネーション〟については、司令室から見ることはできない。だが、見る必要もなかった。ナコールとマッキントッシュは知っているから。これは《ドドンカーク》のプシトロニクスが操作して出す、謎めいた光現象と五次元インパルスからなる作用のことなのだ……

*

カッツェンカットはほくそえんだ。

ペリー・ローダンがへまをするだろうということはわかっていた。かれにはさまざまな時間を首尾一貫してあつかう能力がない。だから、友たちによる実験が制御不能になったのもうなずける。ローダンはおそらく、どこかに消えるだろう……つまり、いつかの時間に。永遠にではあるまいが、それでもこの決定勝負に負けたことは変わらない。

そして、いわゆる時間巡回者たち。この指揮エレメントより頭が切れると自負していたようだが、どうやら完全に方向性を失ってミイラ艦にとりのこされたらしい。クロニマルの群れを支配する者にとっては、格好の獲物だ。辛抱強くこの瞬間を待ちつづけた甲斐《かい》があったというもの。

カッツェンカットは、ゼロ夢で《理性の優位》にもどった。状況を予測し、そこにクロニマルの群れを集めてあるのだ。鱗状《うろこ》の皮膚とトカゲ頭を持つこの黒い生物は、司令室ばかりか倉庫にも格納庫にも通廊にも、秩序のかけらもなく重なり合い、群がっている。時間を操作する能力は完璧といえるほど高度に訓練されているが、指揮エレメントがつねに制御しないと、役たたずのおろかな動物にすぎない。

目標のない無秩序の群れは、カッツェンカットが精神の力でつかむと、すぐに整然とした。司令室内でひとつにまとまり、《バルパンザー》行きのフィクティヴ転送機に突進していく。クロニマル全員が転送されると、かれはそのあとを追った。

護衛船団のほかの宇宙船はすでにミイラ艦から退却し、《シゼル》も遠ざかっていく。カッツェンカットは《シゼル》が探知スクリーンから消えるのを待ってから、《バルパンザー》をミイラ艦にドッキングするよう命じた。ドッキングしたとたん、クロニマルの群れに攻撃命令を出す。無数の黒い動物が高潮さながらに異宇宙船に流入していく。

カッツェンカットは確実な精神力でクロニマルを操縦する。かれらの任務は、時間巡回者たちを襲って、現在時間レベルから、かたちもシュプールもない未来へと投げこむこと。そこでは時間巡回者はみな道を失い、救うことはできない。

時間巡回者が抹消されれば、ペリー・ローダンはのこされた唯一の協力者を失うことになり、かなり長期間、無力状態になる。そのあとなら、アンドロ・ベータを反クロノフォシルに変換するのはむずかしくあるまい。ペリー・ローダンなしでは、のこりのクロノフォシルもコスモクラートにとって価値がないのだから。

カッツェンカットは目前の勝利へのよろこびに酔いしれていたため、クロニマルの最初の群れがコントロールを逸脱したことに気づかなかった。計画どおりにならなかったことを悟ったのは、群れの数が半分近くになったときだ。ペリー・ローダンがしかけた罠に気づかずにはまったのだと推測し、荒々しい怒りに満たされる。《バルパンザー》の仮面エレメントにミイラ艦に乗りこむよう命じ、クロニマルの群れをあらゆる攻撃者から守れ、と、いった。

仮面エレメントはもともと臆病な性質を持つ。そのため、全員をミイラ艦に駆りたててしまうまで、カッツェンカットは《バルパンザー》にのこった。それから宇宙服を閉じ、防御バリアを張ってかれらのあとにつづく。幸運をふたたび自分のほうに引きよせられると確信して。

ところが、いざミイラ艦に突入すると、言葉ではいいあらわせないほどのカオスになっていた。かれは、クロニマルは時間巡回者に襲われたけれども、自分が直接コントロールすればうまく持ちこたえると予測したもの。ところが、時間エレメントは敵の耳打ちに屈した結果、かれらの助けで、みずから時間士になるというかくれた能力を活性化させていたのだ。周囲を敏捷《びんしょう》に動いている時間巡回者たちを追って、クロニマルは次々と、もどることのない過去に向かって姿を消していく。

それよりもっとひどいのは、仮面エレメントのていたらくだった。ミイラ艦内を動きまわる時間巡回者の幽霊のような姿に動転して、クロニマルを守る役目も忘れ、武器をほうりだしてパニック状態で逃げまどっている。

カッツェンカットは脅したりすかしたりしたが、なんの効果もない。クロニマルの群れがかれのコントロールを完全に脱し、不可視でつかめないものになる一方、マーゲナンたちは無秩序に《バルパンザー》に逃げもどり、エンジンを作動させた。カッツェンカットはかれらを追ってもどるほかにどうしようもない。

ところが、それだけではなかった。敗北はかれの想像以上に過酷なものだったのだ。《バルパンザー》司令室にもどったとたん、船とミイラ艦隊がGAVÖKおよび無限アルマダの艦船に包囲されていることを知った。万事休すだ。いま、これを突破して《理性の優位》に到達しようとすれば、敵は砲火を開くだろう。そうなればかれは、エレメントの支配者に不死性を授けられたにもかかわらず、死ぬことになる。

この運命をまぬがれる可能性はただひとつ、暗黒エレメントを呼びよせること。この道具がどれほど危険になりうるか、かれ自身も知っているのだが。

しかし、ほかに方法はない。

メンタル力を作動させ、救援をもとめる叫びを送信する。

すると、周囲が暗黒につつまれた。

その直後に起こったことを、のちになってカッツェンカットは思いだせなかった。暗黒がついに去ったとき、《バルパンザー》が逃げおおせたことは確認したものの、もうすこしで高すぎる代償をはらうところだったとわかった。

スプリンガー船はスクラップ状態で、壁や装置類が失われている。仮面エレメントののこりの乗員は、嘆かわしくも、司令室のかたすみにおびえてかたまっていた。

完膚なき敗北だ。

それでも、カッツェンカットはあきらめない。エレメントの支配者の脅迫が意識内に消えることなく焼きついているので、あきらめるわけにはいかないのだ。

10 ヴィジョン

勝利をおさめたのち、ゲシールは自室キャビンで待った。夫がそこにくることがわかっていたから。

夫がもどると、ふたりはしばらくなにもいわず抱き合った。いうべきことはなかった。感情の嵐のなかでは、無言の抱擁より雄弁に言葉で表現できるものはなかったのだ。

ふたりがからだをはなしたとき、ダークグレイの〝亡霊〟がそばに浮遊しているのが見えた。

「ニゼル！」愉快さと非難のまじった声で、ローダンがいった。

〈いまきたところだよ〉時間巡回者は弁護する。そのメンタル性の〝声〟は、ローダンにもゲシールにも理解できた。〈われわれの契約は、たがいの満足をもって遂行された。これで終わっていいわけだが、もう一度きみに会って礼をいわずにいられなかったのだ。いっしょにすごしたシュノルムな時間、トルケリグな冒険、たくさんのウルキュ・ミュレのことを〉

テラナーは笑った。

「おたがいさまだ、ニゼル。きみが空間士でないのが残念だよ。もっとも、そうだったら、きみに手を貸してもらえなかった。もう二度と会うことはないんだろうな？」

〈それはどうだか！〉ニゼルが応じる。〈限界時間がさらに未来方向にずれたら、会うことがあるかもしれない〉

亡霊現象は消えた。

「ちゃんとした別れの挨拶がなかったけど？」と、ゲシール。

「ニゼルは曖昧なのが好きなんだ」ローダンが説明する。「ドアブザーの音が聞こえなかったか？」

かれは視線スイッチでハッチの自動開閉装置を作動させた。タウレク、ヴィシュナ、ナコールがゲシールと共同のキャビンに入ってきても、驚かなかった。

「じゃましてすまない」タウレクがいった。「すこし待つつもりだったんだが、ヴィシュナもわたしもおちついていられなかった。なにか、予測していた以上のことが進行していると感じるのだ。ただ、それがいいことなのかどうか、わからない」

いい終わるのとほとんど同時に、キャビン内は輝くばかりの光に満たされた。キャビンの壁や《バジス》のあらゆる部分が、透明なフォーム・エネルギーに転換されたかのようだ。いあわせる人々の目に、明るく輝くアンドロ・ベータ星雲が見えた。

いや、違う。ローダンにはわかった。これほど明るく輝くのはアンドロ・ベータ星雲ではない。これは、アンドロ・ベータの周囲をつつむオーラだ。そこから《バジス》にとどいている。

やがてオーラは収縮し、ペリー・ローダンの周囲に集中すると、最後に光をはなってから、溶けてかれと一体化した。ローダンはぬくもりに満たされる。ずっと昔に手ばなした、なじみ深いなにかが体内にもどったような感覚をおぼえた。

そこに哄笑《こうしょう》が響きわたる。

〈その感覚は正しい〉笑い声がしずまったのちにメンタル性の声が伝わってきた。〈たったいま、きみの人格の一部がもどってきたのだ。というのも、ずっと昔にクロノフォシルをつくりだしたのも、それを無限アルマダとともに活性化したのもきみだから。ここに貯蔵されていたメンタル・エネルギーが、きみのなかにもどってきたのだ〉

「〝それ〟の声だ！」ローダンが驚いて叫ぶ。

〈そのとおり、テラナーよ〉肉体を持たない集合体生物の声が先をつづける。〈またしても幸運に恵まれたな。時間巡回者がいなければ、ツーノーザーもきみも助からなかっただろう。だが、栄光の上であぐらをかいてもいいという幻想はいだかないように。監視艦隊が全クロノフォシルを通過し、きみの助けでそれを活性化させてはじめて、フロストルービンがモラル・コードの二重らせん内にのこした隙間を閉じることができるの

だから〉

「わかっています」テラナーが応じる。「それをわたしに伝えるためにここに？」

〈もちろんそうではない、友よ〉〝それ〟はおだやかに告げる。〈きみがここ数日、過去を放浪していたために、タウレクとヴィシュナはきみに伝える機会がまだなかったのだが、アトランとジェン・サリクのいどころと、ふたりがはたしている任務についてだ。わたしがそれを伝えようと思う〉

肉体を持たない声は、つかのま沈黙してから先をつづけた。

〈残念ながら、これで〝トリイクル9〟をもとの位置にもどすめどが立ったわけではない。そこにはべつの危険があるからだ。コスモクラートはかなり長いあいだ、ほかの補助勢力を使って、トリイクル9の代替物を〝深淵〟に……プシオン・フィールドがもとあった場所はこう呼ばれている……つくろうと努力してきた。だが、成果はなかった。それどころか、どこかに不手際が生じたらしい。混沌の勢力が深淵に達するのを封鎖することはできたものの、深淵じたいが制御不能におちいり、コンタクトできなくなったのだ。アトランとサリクの任務は、この謎めいた領域に入り、そこがきちんとした状態にあるかどうかチェックすることと、そこできみを待つこと。なぜなら、必要なクロノフォシルすべてが活性化されたのち、きみと無限アルマダの目的地は、この深淵になるのだから〉

「いったい、どれだけわたしに要求すればいいのですか」ローダンはうめき声を漏らす。いま聞いたことは多岐にわたっていて、すぐに全体を把握する気にはなれない。過去数カ月間、非常にたくさんのことが自分と友の身に起こった。すべての情報とそこから生じる結果を概観できる量を超えていたのだ。

〈だれもきみに要求はしていない〉〝それ〟のメンタル性の声がふたたびローダンの意識に入りこんできた。〈きみのすることはすべて、自身の自由意志によるものだ。きみは人生の最初の時点で宇宙の秩序の勢力に味方することに決め、その任務をはたす能力を持つにいたった。コスモクラートは、きみに援助を提供しているにすぎない〉

「それらすべてがわたしの力を超えるものだとしたら？」ローダンは絶望的に叫ぶ。「わたしはひとりの人間にすぎないのです」

〈だが、きみはひとりではない、ペリー・ローダン。きみの背後には人類がひかえている。人類全体を見れば宇宙のポジティヴ勢力であり、きみが自分の道をさらに進めるよう力をあたえてくれる。それに、任務遂行を支援する友もいるだろう〉

メンタル性の声はふたたび沈黙し、ふいに周囲の光景が変化した。ローダンがいるのは自室キャビンではなく、見知らぬ未来都市だ。アトランとジェン・サリクが白い毛皮の動物に乗って道路を進んでいるのが見える。都市の背後には金色にほのかに光る山の頂きがあり、目眩がするほど高くそびえている。

「アトラン、ジェン！」ローダンは呼びかけた。〝それ〟が深淵を垣間見せて《かいまみ》いるのだと、直感的に感じたのだ。だが、ふたりの姿はしだいにぼやけ、かれはふたたび友たちのいる自室キャビンにもどっていた。

「スタルセンだ」アルマダ王子がとぎれがちに口にする。「大都市スタルセンが見えた……創造の山も」

独特の笑い声をふたたび響かせたのち、〝それ〟がいった。

〈ちりぢりになった秩序の勢力を統合し、宇宙のポジティヴな目標のために深淵をとりもどすのだ。きみは任務をはたさねばならない。ナコールをはじめとして、大勢がきみの味方になるだろう。宇宙は危険だらけだが、奇蹟もたくさんある。そのことを忘れるな、ペリー・ローダン。すべてに代価があるが、すべてが報われるわけではない。だが正義は待っていてもやってこない。それは勝ちとるべきものなのだ〉

ローダンは〝それ〟が去ろうとしているのを感じ、

「待ってください」と、呼びかける。「最後に飛来するべきクロノフォシルがエデンⅡだということはわかっています。あなたの力の集合体の精神的中枢であるエデンⅡはどこにあるんです？」

〈昔からちっとも変わらんな〉〝それ〟のからかいを帯びた声がふたたびローダンの意識内に響いた。〈はじめて出会った日と同じく好奇心にあふれている。だが、確信して

だいじょうぶだ。そのときがくれば、きみはエデンⅡを発見する……〉

声はとうとう完全に沈黙した。

「そうだったのか」ローダンは淡々といったが、心の内では感情の嵐が吹き荒れていた。

ナコールに目がとまったとき、アルマダ王子の頭上に炎がないことに気がついた。

「ナコール、きみのアルマダ炎が消えている」と、呼びかける。「どういうことだろう？」

アルマダ王子は炎が消えたことに気づかなかったはずはないが、曖昧なしぐさをしただけだった。

「わたしにはわからない、ペリー」と、応じる。「いまはまだ……」

ローダンがさらに質問するより先に、ヴィジフォンの着信音が鳴った。

タウレクやヴィシュナとともに無言で数分間の出来ごとを見ていたゲシールが装置をオンにすると、スクリーンにウェイロン・ジャヴィアの顔があらわれた。

「ハイパー走査機がフロストルービンのポジションに強いn次元ショック波を測定しました」と、《バジス》船長が報告する。

「活性化されたクロノフォシル・アンドロメダからショック波が発し、トリイクル9に到達したのだ」タウレクが告げる。「それによってポルレイターの封印の一部が破壊され、セト＝アポフィスが引き起こしたフロストルービン異常化の逆行がはじまった。これは、あらたなクロノフォシルが活性化されるたびにくりかえされる……最終的にトリイクル9が本来の位置にもどるまで」

ローダンがうなずき、

「そこは……カオスに支配されている深淵にあるのだな」沈んだ声でいった。

「アトランとジェンはもうそこにいる」と、ローランドレのナコール。

「そしてわたしを待っている」細胞活性装置保持者がいいそえた。「すくなくとも、それだけは理解した……それと、わたしの道はまだ先が長いということも」

「あなたひとりで進むわけじゃないわ」ゲシールはきっぱりといい、かれの横に立つ。

「そうだ、ひとりではない」ローダンは感謝して応じた。「ひとりでは達成できない」

かれはゲシールの肩に腕をまわし、いあわせる者たちに笑顔を向ける。

「みんながそばにいてくれるのはありがたいことだ、友よ。ただ、いまはゲシールとふたりにしてもらえないか」

あとがきにかえて

シドラ房子

毎週かならずチェックする『シュピーゲル』誌のベストセラー・リストを見ていたら、*Perry Rhodan: Das größte Abenteuer*（ペリー・ローダン 最大の冒険）という本が目にとまった。著者はアンドレアス・エシュバッハ（一九三五話を最初として、これまでにローダン・シリーズ正篇を六話執筆している）。え、なんだろう？ と思い、さっそくオーディオブックをダウンロードして聴きはじめた。

「人類最大の冒険は旧暦一九五七年十月四日にはじまった。この日、人類ははじめて地球周回軌道に人工衛星を打ちあげたのだ」と、冒頭にある。なるほど、壮大なスペースオペラの構想はスプートニク一号をきっかけとして生まれたのか。五九〇巻の「あとがきにかえて」で増田さんが触れているように、ローダン・シリーズ三千話刊行を記念して執筆された伝記風小説で、紙の本だと八百五十頁もある。本の趣旨のひとつは、ペリー・ローダンがこれほどまでに特殊な人格となったのはなぜかを解明すること。少年期、青年期を通じてわくわくするエピソードがいっぱいですごく楽しめたし、最長のSFシリーズの土台はここにあったのか……と、何度も感心してしまった。

もうひとつは、月着陸五十周年にもちなんで、そこに到達するまでの宇宙開発を再現すること。実在の政治家や科学者や宇宙飛行士が登場し、歴史ドラマのように展開していく……やがて、アポロ計画が途中から架空の現実とすり替わり、ペリー・ローダンが月に着陸する最初の人間となる。スタートの前にニール・アームストロングが電話でローダンにはげましの言葉をかけ、「ひとりの人間にとってはちいさな一歩だけど、人類にとっては大きな飛躍だ」と、さりげなく口にする。もちろん、この先にほんとうのスペースオペラの〝はじまり〟がある。

ヘフト第一冊が出る前の物語……読みながら二十世紀の歴史を振りかえることになる。一九三六年生まれのローダンは、第二次世界大戦、アメリカの人種差別問題、マーティン・ルーサー・キング牧師、ベトナム戦争、スプートニク・ショック、アメリカとソ連の宇宙開発競争といったことを個人的に体験しているから。ローダン・ファンはもちろん、それ以外の本好きもターゲットにして、タイムリーに出された。昨日、市の図書館に行ったら、話題の本コーナーに置かれていた。この本を読んでローダン・シリーズを知る人もけっこう多いのではないだろうか。

訳者略歴　武蔵野音楽大学卒，独文学翻訳家　訳書『セト＝アポフィスの覚醒』マール，『アラトゥル始動』エーヴェルス＆ヴィンター（以上早川書房刊），『狼の群れはなぜ真剣に遊ぶのか』ラディンガー他多数

HM=Hayakawa Mystery
SF=Science Fiction
JA=Japanese Author
NV=Novel
NF=Nonfiction
FT=Fantasy

宇宙英雄ローダン・シリーズ〈602〉

ツーノーザー救出作戦《きゅうしゅつさくせん》

〈SF2251〉

二〇一九年十月十日　印刷
二〇一九年十月十五日　発行

（定価はカバーに表示してあります）

著者　H・G・フランシス
H・G・エーヴェルス
訳者　シドラ房子《ふさこ》
発行者　早川浩
発行所　株式会社早川書房
郵便番号　一〇一 - 〇〇四六
東京都千代田区神田多町二ノ二
電話　〇三 - 三二五二 - 三一一一
振替　〇〇一六〇 - 三 - 四七七九九
https://www.hayakawa-online.co.jp

乱丁・落丁本は小社制作部宛お送り下さい。
送料小社負担にてお取りかえいたします。

印刷・信毎書籍印刷株式会社　製本・株式会社川島製本所
Printed and bound in Japan
ISBN978-4-15-012251-5 C0197